KB075685

운영전

왜
금지된
사랑에
빠질까?

물음표로
따라가는
인문고전

3

운영전

왜
금지된
사랑에
빠질까?

글 임치균 | 그림 김유경

지학사아르볼

금지된 사랑,
이루지 못한 사랑에 어떤 의미가 있을까?

남녀의 사랑은 하늘이 주신 것이요,

남녀를 가르는 것은 성인(聖人)의 가르침이다.

그러니 차라리 성인의 가르침을 어길지언정

하늘이 주신 본성을 감히 어길 수는 없다.

조선의 문인 허균의 외침입니다. 마음이 이끄는 대로 사랑하겠다는 말입니다. 여러분은 허균의 말을 어떻게 생각하는지요? 아마 고개를 끄덕이는 친구들이 많을 겁니다. 사랑의 감정은 자연스럽게 마음속에서 일어나는 것이며, 기본적으로 그러한 개인의 마음은 존중받아 마땅하다고 여기기 때문이겠지요.

하지만 조선 시대의 사람들은 허균의 말에 깜짝 놀랐답니다. 감

히 지혜와 덕이 뛰어난 성인의 가르침을 어기면서까지 사랑하겠다
니! 조선은 유교를 중심으로 하는 사회였어요. 남녀가 일곱 살만
되면 같이 있을 수 없다는 뜻의 '남녀칠세부동석(男女七歲不同席)'이
라는 말이 일상적으로 받아들여졌고, 양쪽 집안의 뜻에 따라서 혼
인하는 것이 당연하게 여겨지던 시대였지요. 이런 때에 사랑에 대
한 허균의 말은 당시 사람들에게 매우 파격적으로 들릴 수밖에 없
었을 거예요.

그런데 《운영전》의 주인공인 운영과 김 진사는 그 시대의 금기
를 어기고, 허균의 생각처럼 사랑을 했습니다. 운영은 안평 대군에
속한 궁녀이고, 김 진사는 양반집 자제입니다. 한마디로 절대로 사
랑을 해서는 안 되는 사이지요. 하지만 둘은 '하늘이 주신 본성'을
거스르지 않고 두려움 없이 사랑을 했어요. 운영과 김 진사의 사랑
은 더없이 아름다웠지만, 현실적인 문제에 부딪혀 좌절할 수밖에
없었지요.

사랑을 할 때 늘 눈앞에 꽃길이 펼쳐지는 것은 아니에요. 《운영
전》의 운영과 김 진사처럼 안타까운 사랑을 하게 되는 경우도 많
습니다. 현실이나 이념의 벽이 가로막을 때, 즉 사회적으로 금지된
사랑에 빠지게 되면 둘이 함께하는 데에 수많은 어려움이 따르지
요. 사랑을 이루려는 사람과 그것이 불가능한 사회는 늘 대립하고
갈등합니다.

그러한 사랑의 결말은 어떨까요? 《운영전》의 주인공에게는 비극적인 결말이 운명처럼 다가옵니다. 하지만 둘의 슬픈 사랑 이야기는 단지 사랑의 파탄만을 드러내는 것이 아니라, 그 안에 여러 의미를 담고 있어요. 《운영전》은 바로 여기에 초점을 맞추고 있지요. 궁녀 운영과 선비 김 진사의 운명적인 만남과 사랑, 둘을 방해하는 안평 대군으로 대표되는 현실적 권력, 또 다른 마음을 먹는 특이라는 인물의 욕망, 두 사람의 사랑을 응원해 주는 다른 궁녀들, 그리고 시간이 한참 흐른 뒤에 같은 장소에서 궁녀와 선비의 사랑 이야기를 들은 유영의 반응 등은 우리에게 많은 것을 생각하게 합니다.

그뿐만 아니라, 작품 곳곳에서 읽을 수 있는 시는 글을 읽는 또 다른 즐거움을 선사합니다. 이야기 속에 자연스럽게 스며들어 있는 시는 등장인물의 감정을 효과적으로 드러내기도 하고, 독자에게 상황을 서정적으로 음미할 수 있는 여유를 주기도 합니다. 대사와 노래가 결합한 이러한 형태는 요즈음의 뮤지컬과 비슷하다고 할 수 있습니다.

그저 남녀의 사랑 이야기로만 넘기기에 《운영전》은 구석구석 살펴볼 점이 많은 고전 소설입니다. 몇 세기 전의 고전 소설이 '사랑'에 대해 던진 문제의식은 여전히 현재에도 생각해 볼 지점이 많습니다.

아름다운 사랑이 넘을 수 없는 현실의 벽에 부딪혔을 때, 여러분은 어떻게 할 건가요? 여러분의 사랑은 다른 사람에게 어떤 의미로 남길 바라나요? 이루지 못한 사랑에도 의미가 있을까요?《운영전》을 읽으면서 그 답을 찾을 수 있을지도 모릅니다.

● 임치균

Part 1 | 고전 소설 속으로

　고전을 아름다운 그림과 함께 담아냈습니다. 원전에 충실하면서도 어려운 단어를 최대한 줄이고 쉽게 풀이하여, 재미난 이야기를 마주하듯 술술 읽을 수 있도록 했습니다.

Part 2 | 물음표로 따라가는 인문학 교실

고전은 오늘의 우리를 비추는 거울이며, '인문학'을 담고 있는 그릇입니다. 이 책은 고전의 재미를 더하고, 우리 고전을 인문학적인 관점에서 바라볼 수 있도록 구성되었습니다.

● **고전으로 인문학 하기**

고전 소설을 읽고 나면 머릿속에는 여러 질문들이 떠올라요. 물음표에 대한 답을 따라가 보세요. 배경지식이 쑥쑥 늘어날 거예요.

● **고전으로 토론하기**

고전의 내용에 기반한 가상 대화가 이어집니다. '고전으로 토론하기'를 통해 다르게 생각하는 힘을 길러 보세요.

● **고전과 함께 읽기**

함께 읽으면 더욱 좋은 문학, 영화, 드라마 등을 소개합니다. 비슷한 주제가 다른 작품에서는 어떻게 표현되었는지 살펴보고 생각의 폭을 넓히세요.

차
례

Part 1 | 고전 소설 속으로

Part 2 | 물음표로 따라가는 인문학 교실

고전 소설 속으로

우리 고전 소설의
재미와 **감동**을
오롯이 느껴 봅시다.

＊

깊고 깊은 궁궐에서 헤어진 님!

인연은 남았는데 다시 만날 길이 없네.

활짝 꽃 핀 봄날에 몇 번이나 슬퍼했던가?

사랑한 것은 그저 꿈일 뿐, 참으로 이루어지지 않았네.

＊

유영,
젊은 선비를 만나다

　한양 서쪽 인왕산 아래에는 안평 대군이 살던 수성궁이 있다.
그 궁터는 용이 서리고 호랑이가 걸터앉은 기운이 어린 땅으로, 자
연 또한 매우 곱고 아름다웠다. 남쪽으로는 나라의 토지신과 곡식
신을 모신 사직단*이 있고, 동쪽으로는 경복궁이 있다. 굽이굽이
뻗어 내려오던 인왕산 줄기 하나는 수성궁 바로 옆에 우뚝 솟아 봉
우리를 만들었다. 비록 높지도 험하지도 않지만, 그곳에 오르면 시
원하게 뻗은 한양의 모든 거리와 장사하는 시장을 볼 수 있었다.
그곳에서 한양을 내려다보면 집들이 가득히 모여 있는 모습이 보

＊ **사직단** 임금이 백성을 위하여 토지신과 곡식 신에게 제사 지내던 제단. 사직단은 조선 시대에 태
　　조가 종묘와 함께 지은 것인데, 현재 사직 공원으로 남아 있다.

였는데, 마치 바둑돌이 놓여 있는 듯, 별이 펼쳐져 있는 듯했다. 비유하자면 실이 쭉 펼쳐지면서 옆으로 퍼져 나가는 모습이라고 하겠다. 동쪽으로 고개를 돌려 바라보면 아득히 경복궁이 눈에 들어오는데, 건물과 건물을 연결한 통로가 공중에 걸쳐 있는 것 같다. 아침저녁으로는 푸른 안개가 깃드니, 참으로 비할 데 없이 빼어난 경치를 가진 곳이었다. 이처럼 멋있는 풍경 때문에, 꽃 피고 버드나무 늘어진 봄이나 단풍 짙게 물든 가을이면 술을 좋아하는 무리, 활을 쏘는 사람들, 노래하는 아이들, 피리 부는 목동, 시를 짓는 시인, 글씨를 쓰거나 그림을 그리는 이들이 틈만 나면 그 위로 올라가 시간 가는 줄도 모른 채 바람과 달을 벗 삼아 시를 읊거나 휘파람을 불며 노닐곤 하였다.

남대문 밖 청파동에 살고 있는 유영은 오래전부터 그곳의 경치에 대하여 익히 들었기에, 한번 놀러 가고 싶은 마음이 있었다. 그러나 다 떨어진 낡은 옷을 입고 있어 남루한 데다가 초췌한 자신의 모습을 보고 다른 사람들이 비웃을 것이라는 생각이 들어, 오랫동안 갈까 말까 주저하고 있었다.

그러다가 1601년 3월 16일, 마침내 유영은 막걸리 한 병을 사들고 집을 나섰다. 모시고 따르는 어린 하인도 없었고, 함께하는 친구도 없었다. 술을 옆구리에 차고 홀로 수성궁으로 들어서니, 아니나 다를까. 구경하던 모든 사람들이 유영의 몰골을 보고 손가락

질하며 비웃었다. 유영은 부끄럽기도 하고 달리 어찌할 방법이 없어 후원으로 들어갔다. 유영은 그곳에서 높은 언덕에 올라 사방을 둘러보았다.

임진왜란을 겪은 지 얼마 되지 않아서인지, 한양의 궁궐과 화려한 집들은 거의 불타 없어진 상태였다. 수성궁의 담장이 무너지고 기와가 깨졌으며, 못 쓰게 되어 버려진 우물과 부서진 돌계단에는 잡초가 무성하였다. 오직 동쪽에 있는 문 몇 개만이 온전하게 우뚝 남아 있을 뿐이었다.

유영은 다시 서쪽 동산으로 걸어 들어갔다. 물과 돌이 어우러진 동산의 깊숙한 곳에 이르자, 온갖 풀들이 우거져 맑은 연못에 그림자를 비추고 있었다. 인적이 없는 땅에는 꽃들이 가득 떨어져, 산들바람이 한번 불기만 해도 향기가 자욱하게 피어올랐다. 유영은 홀로 바위에 걸터앉아 중국 송나라 때 시인인 소동파의 시구를 가만히 읊조렸다.

조원각에 올라 보니 봄은 벌써 반이나 지났는데
땅에 가득 떨어진 꽃을 그 누구도 쓸지 않았구나.

감회에 젖은 유영은 허리춤에 차고 있던 술을 풀어 모두 마시고는 취하여 바위 위에서 돌을 베고 누웠다.

얼마나 지났을까? 유영은 술에서 깨어나 고개를 들어 사방을 죽 둘러보았다. 노닐던 사람들이 하나도 보이지 않았고, 밝은 달은 이미 산 위에 떠올라 있었다. 밤안개는 버드나무 가지에 서려 있고, 바람은 꽃봉오리를 스치고 지나갔다. 바로 그때, 한 줄기 가느다란 말소리가 바람을 타고 들려왔다. 유영은 이상한 생각이 들어 자리에서 일어나 소리가 들려오는 곳을 찾아갔다.

그곳에는 어떤 젊은 선비가 너무나도 고운 여인과 마주 앉아 정겹게 이야기를 나누고 있었다. 유영이 다가가자 젊은 선비가 일어나 인사하며 반가이 맞아 주었다. 유영도 젊은 선비와 인사를 나누며 물었다.

"그대는 대관절 누구시기에 밝은 낮은 버려두고 이렇게 늦은 밤을 택하여 이곳에 온 것입니까?"

젊은 선비는 그저 빙그레 웃으며 입을 열었다.

"길을 가다 잠깐 이야기를 나누었을 뿐인데도 오래 사귄 친구 같이 느껴진다는 옛말이 있는데, 바로 우리의 만남을 두고 한 말인 듯합니다. 오늘 처음 만났지만 전혀 낯설지가 않습니다. 이리 앉으시지요."

유영은 두 사람과 삼각을 이루고 앉아 이야기를 나누었다. 그때 여인이 목소리를 낮추어 누군가를 부르자 계집종 두 명이 숲속에서 나왔다.

"오늘 저녁, 사랑하는 사람을 만나는 자리에서 뜻밖의 반가운 손님도 만났으니, 이렇게 좋은 밤을 헛되이 보낼 수는 없구나. 너희들은 어서 가서 술과 안주를 준비하여 내어 오거라. 그리고 붓과 벼루도 함께 가지고 오거라."

계집종들이 명을 받고 재빨리 나갔다. 잠시 후 곧바로 주안상을 차려 돌아왔는데, 날아다니는 새처럼 발걸음이 가벼웠다. 유리로 된 술 항아리에는 신선이 마신다는 자하주가 넘쳐흘렀고, 상 위에는 인간 세상에서는 볼 수 없는 진기한 과일과 잘 차려진 음식이 가득하였다.

술잔이 세 차례 돌자, 여인이 또다시 술을 권하며 새로 지은 노래를 불렀다.

깊고 깊은 궁궐에서 헤어진 님!
인연은 남았는데 다시 만날 길이 없네.
활짝 꽃 핀 봄날에 몇 번이나 슬퍼했던가?
사랑한 것은 그저 꿈일 뿐, 참으로 이루어지지 않았네.
모두 먼지가 되어 사라진 지난 일이
부질없이 나에게 손수건 가득 눈물 흘리게 한다.

노래를 마친 여인이 한숨 쉬며 울음을 삼켰으나 얼굴에는 구슬

같은 눈물이 가득히 흘러내렸다. 유영이 이상한 생각이 들어서 일어나 절하며 말하였다.

"제가 비록 뛰어난 문장 실력은 없으나, 어려서부터 시문을 공부하였기 때문에 글이 가지고 있는 품격에 대해서는 조금 아는 편입니다. 지금 그대의 노래를 듣고 보니 격조가 매우 높고 뛰어납니다. 한데 노래에 담긴 뜻이 너무나 슬프고 처량한 것이 정말 이상합니다. 오늘 밤에는 달빛이 낮처럼 밝고 시원한 바람도 솔솔 불어와 충분히 즐겁게 즐길 만한데, 마주 보고 있으면서 슬피 우는 것은 무슨 까닭입니까? 한잔 술로 이미 정을 나누고 서로 좋은 관계를 두텁게 맺었는데도, 이름도 말하지 않고 속마음도 털어놓지 않으니 그 또한 의심스럽습니다."

그러고는 유영이 먼저 자기의 이름을 말하였다. 그리고 두 사람에게도 이름을 밝히라고 강요하자, 젊은 선비가 탄식하였다.

"사실 이름을 말씀드리지 않은 것은 다 생각한 바가 있어서입니다. 하지만 이리도 알고 싶어 하시니, 말씀드리는 것이 뭐가 어렵겠습니까? 하오나 말이 길어질 듯합니다."

젊은 선비는 슬픈 표정을 지으며 말을 잇지 못하더니 한참 동안 그대로 있었다. 이윽고 젊은 선비의 입이 다시 열렸다.

"저의 성은 김가이옵니다. 열 살 때에 시와 글에 재주가 있어서 학당에서 유명했고, 열네 살 때 진사 시험에 합격하였습니다. 그 뒤로는 모두 저를 김 진사라고 불렀습니다. 당시 저는 혈기 왕성한 젊은이였기에, 거리낌 없이 마음대로 행동하였습니다. 결국 이 여인을 만나, 끝내 부모님께서 물려주신 몸뚱이도 제대로 지키지 못하고 죽는 불효를 저지르고 말았습니다. 천지간에 씻을 수 없는 죄인인 저의 이름을 알아서 무엇에 쓰겠습니까? 이 여인의 이름은 운영이고, 주안상을 내온 두 사람의 이름은 녹주와 송옥으로, 모두 안평 대군의 궁녀들이었습니다."

"말을 한번 시작하고는 끝내지 않는다면 애당초 말하지 않는 편이 더 나았을 것입니다. 안평 대군의 한창때는 어떠했는지, 그리고 김 진사가 그리도 슬퍼하는 이유는 무엇인지 자세히 알려 주실 수 있겠습니까?"

그러자 젊은 선비가 운영을 돌아보며 물었다.

"해가 여러 번 바뀌고 세월이 이미 오래 지난 일인데, 그대는 그때의 일을 기억할 수 있습니까?"

"가슴속에 쌓인 원망을 어느 날인들 잊을 수 있었겠습니까? 첩이 일단 말을 해 보겠으니, 낭군께서는 곁에 계시다가 빠진 것이 있으면 더 말씀해 주십시오."

이에 말을 시작하자, 곁에 있던 젊은 선비가 붓을 들어 적어 내려갔다.

가늘고 고운 푸른 연기를 멀리 바라보다

고운 님은 베 짜기를 멈추었네.

바람이 불어오자 홀로 슬퍼하는데,

연기는 무산으로 훨훨 날아가 비 되어 떨어진다.

시는 사람의 마음에서 나오는 것

세종 대왕과 왕비인 소헌 왕후 사이에 둔 여덟 왕자 가운데 가장 영리하고 뛰어난 사람은 안평 대군이었습니다. 세종 대왕께서도 이런 안평 대군을 매우 사랑하여 많은 상금과 토지를 내려 주시었습니다. 그런 까닭에 안평 대군은 여러 대군들보다 훨씬 많은 재물을 가졌습니다.

안평 대군은 열세 살 되던 해에 대궐을 나가 자기의 궁인 수성궁에서 지냈습니다. 안평 대군은 유학을 공부하는 것을 자신의 임무로 여기며, 밤이면 책을 읽고 낮이면 시를 짓거나 글씨를 연습하였습니다. 그는 단 한순간도 헛되이 보낸 적이 없습니다. 그리하여 당시의 문인과 재주 있는 선비들이 모두 그 아래에 모여 실력을 겨루었는데, 때때로 밤이 깊어 새벽닭이 울 때까지 쉬지 않고 토론하기도 하였습니다. 게다가 안평 대군의 필법은 너무나 뛰어나 나라 전체에 명성이 자자하였습니다. 문종 대왕께서는 세자 저하로 계실 때에 매번 집현전의 여러 학자들과 안평 대군의 필법에 대하여 말씀하시면서 항상 '내 아우가 중국에서 태어났더라면 동진 때의 명필이었던 왕희지에는 못 미칠지 몰라도, 어찌 원나라 때의 명필인 조맹부에 뒤지겠는가?'라며 칭찬을 아끼지 않았습니다.

그러던 어느 날, 안평 대군이 저희 궁녀들에게 말하였습니다.

"재능은 반드시 조용한 곳으로 가서 열심히 갈고닦은 뒤에야 이룰 수 있는 법이다. 도성 밖은 마을과 조금 떨어져 있어 사람들이 거의 찾지 않고 적막하니, 그곳에서라면 학업에 정진할 수 있을 것이다."

말을 마치고는 곧바로 도성 밖에서 공부할 요량으로 십여 칸의 집을 짓고는 비해당(匪懈堂)이라고 하였습니다. '나태해지지 않는 집'이라는 뜻이지요. 그 옆에는 단 하나를 만들어 맹시단(盟詩壇)이라고 하였습니다. '시로써 맹세한 마음을 단단히 지키자'는 뜻입니다. 두 이름에는 명분을 돌아보고 의리를 생각하자는 의미가 담겨 있었습니다.

곧 뛰어난 문장가와 서예가들이 맹시단으로 모여들었습니다. 문장에서는 성삼문이 으뜸이었고 필법에서는 최흥효가 가장 뛰어났으나, 모두 안평 대군에는 미치지 못하였습니다.

하루는 안평 대군이 술에 취하여 우리들을 불렀습니다.

"하늘이 사람에게 재주를 내려 주실 때 어찌 남자라고 하여 많이 주고, 여자라고 하여 적게 주겠느냐? 오늘날 이 세상에서 문장가라며 나서는 남자들이 적지 않으나, 특별히 뛰어난 사람은 찾아볼 수가 없구나. 그러니 너희들이 한번 힘써 익혀 보아라."

그리고는 곧바로 궁녀들 가운데 나이가 어리고 자태와 얼굴이 고운 궁녀 열 명을 뽑아서 교육하였습니다. 우리글로 풀이된《소학언해》를 외우게 한 뒤에, 《중용》, 《대학》, 《서경》과 같은 사서삼경은 물론《통사》와 같은 역사책도 모두 가르쳤습니다. 또한 이태백과 두보의 시를 비롯해 당나라 문인들의 시 몇 백 수를 뽑아서 익히게 하니, 오 년이 채 안 되어 열 명 모두가 재주를 이루었습니다.

안평 대군은 수성궁에 들어오기만 하면 항상 저희들을 눈앞에 가까이 두고 시를 짓게 하여 잘못된 부분을 고쳐 주는가 하면, 잘 짓고 못 지은 것에 따른 상과 벌을 분명히 하였습니다. 저희들로 하여금 항상 힘쓰도록 장려하는 방법이었습니다. 그렇게 하여 비록 안평 대군과 같이 탁월한 기상을 담은 시는 쓰지 못했지만, 청아한 음률과 완숙한 시구는 당나라 시인들의 경지 근처까지는 이르게 되었습니다. 그 열 명은 바로 소옥, 부용, 비경, 비취, 옥녀, 금련, 은섬, 자란, 보련, 그리고 저 운영입니다.

안평 대군은 저희들을 정말 아껴 주었습니다. 하지만 늘 수성궁 안에만 머물게 하였고, 다른 사람들과는 말도 하지 못하게 하였습니다. 매일 수성궁에서 수많은 문인들과 술을 마시고 문예를 겨룰 때에도, 단 한 번도 저희들을 그들과 가까이 있게 한 적이 없습니다. 아마도 바깥사람들이 저희에 대하여 아는 것을 꺼리신 것 같습니다.

안평 대군은 항상 이렇게 명령을 내리고는 했습니다.

"너희들 중 누구든 한 번이라도 궁궐을 나간다면 그 죄는 죽어 마땅할 것이다. 또한 궁궐 밖 사람이 너희의 이름을 알게 된다면 그 죄 또한 죽음으로 다스릴 것이야."

그러던 어느 날, 안평 대군이 저희를 불렀습니다.

"내가 오늘 문인들과 술을 한잔하고 있는데, 한 줄기 푸른 연기와 구름이 궁궐의 나무 사이에서 피어올라 성벽 위에 아롱지다가 산기슭으로 흩어지더구나. 그것을 보고 내가 먼저 시 한 수를 읊고는 손님들에게도 차례차례 시를 짓게 하였지. 하지만 하나같이 마음에 들지 않았다. 그러니 너희들이 나이 순서대로 시를 지어 올려 보거라."

이에 소옥이 지어 올렸습니다.

비단처럼 가는 푸른 연기가

바람에 실려 문안으로 들어온다.
어렴풋이 보일 만큼 짙었다가 다시 옅어지니
어느새 황혼 무렵.

부용이 지어 올렸습니다.

하늘로 날아올라서는 멀리 비를 뿌리더니
땅에 내려서는 다시 구름이 된다.
이슥한 저녁 산빛은 어두운데
그윽이 한 번 만난 초나라 임금을 생각한다.

비취가 지어 올렸습니다.

푸른 연기가 꽃을 덮으니 벌은 힘을 못 쓰고
대숲에 아롱지니 새가 둥지를 찾지 못한다.
황혼 녘엔 이슬비 되어 내리니
창밖엔 쓸쓸한 빗소리만 들린다.

비경이 지어 올렸습니다.

작은 살구나무 아직 싹 틔우지 못했는데
외로이 서 있는 대나무는 홀로 푸른빛 간직했네.
짧은 시간 사이 연기가 잠깐 다시 보이는가 싶더니
날이 저물어 어느새 황혼.

옥녀가 지어 올렸습니다.

고운 비단 같은 가벼운 연기가 해를 가리더니
산을 비끼며 길게 푸른빛 드리운다.
작은 바람결에 점점 사라지더니
이내 작은 연못에 스며든다.

금련이 지어 올렸습니다.

산 아래 쌓여 있던 차가운 구름
궁궐 나무 사이를 가로지르며 날아오른다.
바람 불자 갈 곳 잃어 흩날리니
노을 진 하늘에 푸르른 빛이 가득하다.

은섬이 지어 올렸습니다.

산골짜기 짙은 그늘에서 연기 피어오르니
누각에는 푸른 그림자가 흐른다.
날아가야 할 곳 끝내 찾지 못하여
연꽃잎에 이슬로 남고 말았네.

자란이 지어 올렸습니다.

이른 아침 어두운 마을 어귀로 향하던 푸른 연기.
높이 자란 나무 밑으로 가로 이어졌다가
어느 틈에 홀연히 흩어져 날아간다.
서쪽 산과 앞 시내로.

저도 지어 올렸습니다.

가늘고 고운 푸른 연기를 멀리 바라보다
고운 님은 베 짜기를 멈추었네.
바람이 불어오자 홀로 슬퍼하는데,
연기는 무산으로 훨훨 날아가 비 되어 떨어진다.*

보련이 지어 올렸습니다.

짧은 골짜기 봄 그늘 속.
장안의 물기운 가운데에서 일어난 연기는
사람 사는 세상을
푸르른 비취 궁으로 만들었네.

안평 대군은 저희의 시를 다 보고는 크게 놀라며 말하였습니다.
"중국 당나라 말년의 뛰어난 시인의 시와 견주어도 전혀 손색이
없구나. 지금 이 나라에서 성삼문 이외에 너희들이 본받고 따라야
할 사람은 없을 것이야."

* 무산(巫山)은 중국 사천성에 있는 산. 초나라 양왕이 낮잠을 자다가 꿈속에서 무산의 선녀를 만나
하룻밤을 보냈다는 전설이 있다.

안평 대군은 두 번, 세 번 거듭하여 저희들의 시를 읽었습니다. 하지만 쉽게 우열을 가릴 수가 없었는지, 한참이 지나서야 비로소 말하였습니다.

"초나라 왕을 사모한다는 부용의 시가 정말 가상하구나. 비취의 시는 전체적으로 격조가 매우 높고, 옥녀의 시는 생각이 뛰어나다. 특히 '작은 연못에 스며든다'는 마지막 구절에는 은은한 여운이 남아 있다. 그러니 비취의 시와 옥녀의 시를 으뜸으로 삼노라."

그리고는 다시 말을 이었습니다.

"처음에는 우열을 가릴 수 없었는데, 다시 음미해 보니 자란의 시도 생각이 깊다. 자기도 모르게 감탄하며 흥겨운 기분에 몸을 움직이게 하는구나. 다른 궁인들의 시 역시 맑고 곱다. 하나 유독 운영의 시에서만 쓸쓸히 슬퍼하며 님을 그리워하는 마음이 뚜렷이 드러나 있다. 네가 누구를 생각하고 있는지 모르겠구나. 내 마땅히 심문하여 죄를 물을 것이로되 재주가 아까워 그냥 묻어 두도록 하겠다."

저는 즉시 뜰로 내려가 엎드려 울면서 아뢰었습니다.

"시를 지으면서 우연히 드러난 것일 뿐입니다. 어찌 다른 뜻이 있을 수 있겠습니까? 오늘 이렇게 대군의 의심을 받게 되었으니 저는 만 번 죽어도 목숨이 아깝지 않습니다."

"일어나라. 시는 사람의 본성과 심정에서 나오는 것이어서, 감추어 숨길 수 없는 법이다. 너는 더 이상 말하지 말라."

말을 마치고는 비단 열 단을 내어 와 저희 열 명에게 나누어 주었습니다. 분명히 말하지만, 안평 대군은 결코 저에게 마음이 있었던 적이 없습니다. 하지만 궁중 사람들은 모두 안평 대군이 저에게 마음을 두고 있다고 생각하게 되었습니다.

저희들은 모두 동쪽 방으로 물러 나왔습니다. 촛불을 환히 밝히고 옛 궁녀들의 시를 읽으며 이야기를 나누었습니다. 다만 저는 홀로 병풍 쪽에 기대어, 마치 진흙으로 빚은 사람처럼 말없이 우울하게 있었습니다. 그러자 소옥이 저를 돌아보았습니다.

"오늘 낮에 지은 시 때문에 대군께 의심을 받게 된 것이 은근히 걱정되어서 말이 없는 것이냐? 아니면 곧 있을 대군과의 비단 이불 속에서의 사랑을 생각하느라 속으로 몰래 기뻐서 말을 하지 않는 것이냐? 네 마음속을 도대체 알 수가 없구나."

저는 옷깃을 여미면서 대답하였습니다.

"네가 내가 아니니, 어찌 내 마음을 알겠느냐? 시 하나 지어 보려 하다가, 기발한 표현을 찾을 수 없어 고민하느라 말을 하지 않은 것뿐이다."

"마음이 여기에 있지 않은데 다른 사람들의 말이 귀에 들어올리가 없지. 그러나 네가 말하지 않는 까닭을 알아내기는 어렵지 않다. 내가 한번 시험해 보리라."

옆에 있던 은섬이 창밖의 포도를 주제로 삼아 시를 지어 보라며 재촉하였습니다. 저는 즉시 '그러마.' 하고 시를 지었습니다.

꾸불꾸불 이어진 줄기는 용이 나는 듯한데
푸른 잎은 그늘을 이루어 어느새 정이 깃든다.
당당한 위풍의 여름 햇살이 뚫어 비치나
맑은 하늘에 서늘한 그림자가 더욱 분명하구나.
난간을 타고 뻗어 난 넝쿨에는 숨긴 뜻 있는 듯하고
구슬을 드리운 것 같은 열매는 정성에 보답하는 듯하다.
어느 날 참고 기다려 변모하는 때가 되면
비구름 타고 신선이 사는 세계에 오르리라.

소옥이 제 시를 보고는 일어나 절하며 공손히 말하였습니다.

"참으로 천하의 기이한 재주이다. 품격이 그다지 높지 않고, 옛날 글 같기도 하지만, 이처럼 순식간에 지어 내는 것은 시인들이 가장 어렵게 여기는 일이다. 나는 진심으로 너에게 승복하였다."

이 말을 듣고 자란도 한마디 했습니다.

"말은 신중하게 하라고 했거늘, 무엇 때문에 그렇게 이 시를 높이 평가하니? 그저 은근하고 간절한 문자로 쓰였고, 날아오르려는 듯한 느낌이 있을 뿐이야."

그곳의 모든 궁녀들이 고개를 끄덕였습니다. 저는 이 시로 누군가를 마음에 두고 있지 않다고 해명하려 했지만, 궁녀들의 의심이 말끔하게 풀어지지는 않았습니다.

다음 날, 문밖에서 수레와 말발굽 소리가 요란스럽게 들렸습니다. 잠시 후 문지기가 급히 뛰어 들어오며 알렸습니다.

"손님들이 여러 분 오셨습니다."

안평 대군은 동쪽 누각을 깨끗이 청소하게 한 뒤 손님들을 맞아 들였는데, 모두 뛰어난 문인과 재주 있는 선비들이었습니다. 그들이 자리를 잡고 앉자, 안평 대군은 전날 우리들이 지은 시를 내보였습니다. 자리를 메운 손님들이 모두 깜짝 놀라며 한마디씩 하였습니다.

"뜻하지도 않게 오늘 중국 당나라 때와 같은 훌륭한 음률과 격조를 보았습니다."

"저희들이 어깨를 나란히 할 수 없을 만한 수준입니다."

"도대체 대군께서는 어디서 이러한 보물을 얻으셨습니까?"

안평 대군은 미소를 지었습니다.

"어찌 그렇게까지 대단한 것이겠소? 어린 종이 우연히 길거리에서 얻어 온 것이라, 나도 누가 지었는지는 알 수 없습니다. 민가에 사는 재주 있는 선비의 손에서 나온 것이겠지요."

그래도 손님들은 여전히 의혹의 눈길을 거두지 않고 이런저런 의견을 냈습니다. 잠시 후 뒤늦게 성삼문이 궁에 도착하여 시를 보았습니다.

"재주란 아무 때, 아무 곳에서나 빌려 올 수 있는 것이 아닙니다. 고려 때부터 지금까지 600여 년 동안 이 땅에는 이미 시로 이름을 날린 자가 수없이 많습니다. 하나 탁하고 우아하지 못한 시도 있었고, 경쾌하고 맑으나 들떠 경박한 시도 있었습니다. 이러한 시들은 모두 음률에 맞지 않고 바른 마음가짐을 잃은 것들이지요. 하온데 이 시들은 맑고 진솔할 뿐만 아니라 생각과 뜻도 뛰어나 전혀 속세의 때가 묻어 있지 않습니다. 이는 분명 세상 사람들과 전혀 접촉하지 않고 궁중 깊은 곳에 사는 사람이 옛사람의 시를 읽고 밤낮으로 읊다가 절로 마음에 깨달은 것을 풀어낸 것입니다. 격조가 높은 시도 있고 다소 낮은 시도 있으나, 감동이나 기상은 비슷합니다. 대군께서 이 깊은 수성궁에 열 명의 신선을 숨겨 기르시고 있는 것이 분명합니다. 감추지 마시고 한번 보여 주시기를 바랍니다."

안평 대군은 마음속으로는 탄복하면서도 겉으로는 수긍하지 않았습니다.

"누가 성삼문이 시를 보는 능력이 뛰어나다고 하는가? 내 궁 안에 어찌 그런 사람들이 있겠는가? 의심이 너무 지나치다."

그러나 창틈으로 보고 있던 우리 열 명 모두는 크게 놀라고 감탄하였습니다.

●

무명옷에 가죽띠를 한 선비님

우리 인연은 언제나 맺어질까요?

끝없는 가슴속 원망을

고개 들어 하늘에 하소연해 봅니다.

●

사랑을 이루지 못해
눈물이 옷깃을 적시네

　　손님들이 다 돌아가고 난 밤에, 자란이 첩에게 은근한 목소리로 물었사옵니다.

　　"여자라면 누구나 시집가고 싶은 마음이 있지. 네가 그리워하는 사람이 누군지는 모르지만, 요즘 네 모습이 예전에 비해 점점 상하고 야위어 가고 있어. 정말 걱정되어 묻는 것이니 숨기지 말고 이야기해 봐."

　　"궁인들이 너무 많아 혹시 누가 엿들을까 봐 염려되어 감히 입을 열지 못하였어. 네가 이렇듯 물어보니 어찌 숨길 수 있겠니? 작년 가을, 노란 국화가 처음 피고 붉은 단풍이 막 시들려고 할 때 대군께서 홀로 서당에 앉아 시녀에게 먹을 갈게 하고는 한 폭 비단을

펼쳐 그 위에 시 열 수를 쓰고 있었어.

그때 어린 종이 들어와 김 진사라고 하는 젊은 유생이 뵙기를 청한다고 아뢰었어. 대군께서는 김 진사가 왔다며 매우 기뻐하시면서 어서 빨리 맞아들이라고 명하셨지.

잠시 뒤 무명옷에 가죽띠를 맨 젊은 선비가 성큼성큼 계단을 올라오는데, 그 모습이 마치 새가 날개를 편 듯했어. 절을 올리고 자리에 앉았을 때는 그 용모가 신선 세계에 사는 사람 같았지. 대군께서는 보자마자 마음에 흡족하신지 즉시 자리를 옮겨 마주 앉으셨어.

김 진사는 자리를 비켜 앉으며 '대군의 후한 보살핌을 받고도 찾아뵙지 못하다가 오늘에서야 이렇게 말씀을 듣게 되니 송구스럽기 그지없습니다.' 하고 말하였어. 그러자 대군께서는 '이렇게 어려운 걸음을 해 주니 온 집안이 빛나는구나. 나에게는 정말 큰 선물일세.'라며 격려하셨지.

사실 김 진사가 처음 서당으로 들어올 때, 이미 우리들과 얼굴을 마주쳤었지. 대군께서는 김 진사가 나이 어린 유생이었기에 마음속으로 편히 여기시어, 굳이 우리들에게 자리를 피하라는 명령을 내리시지 않으신 것 같아.

대군께서 김 진사에게 가을 경치가 좋으니 시 한 수를 써 보라고 부탁하자, 김 진사는 간곡히 사양하였어. 그런데도 대군께서는 금련에게 노래를 부르게 하고, 부용에게 거문고를 타게 하셨지. 보련에게는 퉁소를 불라 하고, 비경에게는 술을 따르게 하며 나에게는 벼루를 받들라고 하셨단다. 이때 내 나이 열일곱 살이었어. 김 진사 아니 내 낭군을 한번 보고는 그만 넋이 나가고 마음이 어지러워졌어. 낭군도 나를 돌아보더니 빙그레 미소를 머금고 자주 눈길을 보내 주었어.

대군께서 '나는 그대를 아주 정성스럽게 대접하였는데, 어찌 시 한 수 짓기를 아까워하여 무안하게 하는가?'라고 하자, 김 진사는 즉시 붓을 잡더니 시 한 수를 지었단다.

기러기 남쪽으로 날아가니
궁중에는 가을빛이 깊어 간다.
물이 차가워지자 연꽃은 옥구슬처럼 벌어지고
서리가 거듭 내리면서 국화는 금빛을 띤다.
비단 자리에 꽃다운 여인이 있고
거문고는 백설곡*을 연주하니
신선이 마시는 술 한 말에
먼저 취하여 마음을 잡을 수 없다.

* **백설곡** 중국 초나라의 가곡 이름.

대군께서는 두세 번 읊조리시더니 '참으로 천하의 기재로다. 왜 우리가 이제야 만났는고?' 하시며 경탄하셨고, 우리 열 명도 서로 돌아보며 신선이 인간 세상에 내려온 것 같다며 놀라워했지.

　대군께서는 술잔을 잡으면서 두보와 이태백 같은 옛 시인에 대해 말씀하셨지. 대군과 김 진사는 즐겁게 이야기를 나누었어. 대군이 '이 집이 더욱 빛나도록 시 한 수를 지어 주기 바라네.'라고 하시자, 김 진사가 즉시 한 수를 완성했단다.

안개 흩어진 황금 연못에 이슬 기운 서늘하고
푸른 하늘은 물결처럼 맑은데 밤은 어찌 이리 긴가?
산들바람은 무슨 뜻이 있는 양 주렴*을 흔들고
밝은 달은 정을 품고 연못에 깃든다.
물가가 밝아지자 소나무는 도리어 그림자를 드리우고
술 일렁이는 잔 속에 국화 향기 머문다.
세상을 버리고 숨어 산 완적*도 젊어서부터 술은 마실 줄 알았으니
술 항아리 잡고 취한 내 모습 괴이타 마소.

* **주렴** 구슬 따위를 꿰어 만든 발.
* **완적** 중국 삼국 시대 위나라의 사상가이자 시인(210~263년). 노자와 장자의 학문을 연구하다가 정계에서 물러난 뒤, 술과 맑고 고상한 이야기를 즐기며 세월을 보냈다.

대군께서 낭군의 손을 잡으며 '진사! 그대는 분명 지금 세상에서는 볼 수 없는 재주를 가졌으니, 내가 감히 평가할 수가 없네. 문장에 능숙할 뿐만 아니라 서예가 신통하고 묘하기까지 하니 말이야! 하늘이 그대를 동방에 태어나게 한 데에도 다 이유가 있을 것이야.'라고 하시면서 붓글씨를 쓰게 하셨어.

그런데 김 진사가 붓을 들었을 때, 먹물 한 방울이 잘못 튀어 내 손가락에 떨어졌지. 파리의 날개 같았어. 나는 그 먹물이 너무나 소중하게 느껴져 씻어 내지 않았지. 그랬더니 주위의 궁인들이 모두 돌아보고 미소 지으며 나를 물살이 센 용문에 올라 마침내 용이 된 물고기에 비유하였단다.

이윽고 시간이 흘러 밤이 깊어지자 대군께서 졸린 듯 기지개를 켜면서 내일을 기약하셨지. 다음 날, 대군께서는 다시 김 진사의 시를 보고 감탄하셨고 말이야.

나는 그때부터 잠자리에 들어도 잠을 이루지 못했고, 제대로 먹지도 못한 채 마음만 답답해졌어. 그러다 보니 저절로 살이 빠져 옷과 허리띠가 헐렁해졌단다. 자란아! 아직도 기억이 나지 않니?"

"까맣게 잊고 있었구나. 지금 네 말을 들으니 술에서 막 깬 듯 어슴푸레 기억이 나는 것 같다."

"그 후에도 안평 대군은 자주 김 진사를 만났지만 더 이상 우리들을 그 자리에 부르시지 않았어. 그래서 나는 매번 문틈으로 엿보

앉지. 그러던 어느 날 나는 눈처럼 하얗고 반질한 종이에 시 한 수를 적었어.

무명옷에 가죽띠를 한 선비님
옥같이 고운 모습 신선과 같네요.
매번 주렴 사이로 바라만 보고 있으니
우리 인연은 언제나 맺어질까요?
얼굴을 씻을 때 눈물은 물을 이루고
거문고 탈 때 깊은 한은 줄을 울립니다.
끝없는 가슴속 원망을
고개 들어 하늘에 하소연해 봅니다.

나는 이 시와 금비녀 한 쌍을 함께 싸서 열 번이나 거듭 봉하고는 김 진사에게 보내고자 하였으나 전할 방법이 없었단다.

그런데 그날 밤 안평 대군께서 술잔치를 크게 열었어. 손님들이 모이자 김 진사의 재주를 칭찬하며, 두 편의 시를 보여 주었지. 손님들이 서로 시를 돌려 보고는 감탄하면서 김 진사를 보고 싶어 했고, 대군께서는 즉시 김 진사에게 사람과 말을 보내셨지.

얼마 뒤 김 진사가 들어와 자리에 앉았는데, 얼굴이 여위고 핏기가 없었으며 몸이 수척하여 기운이 소진한 모습이었어. 예전의 기상은 전혀 찾아볼 수 없었어. 대군께서 위로하며 '그대는 아직 관직에도 나아가지 않았는데 어찌 나라를 근심하며 곧 죽을 사람처럼 얼굴이 초췌해졌는가?' 하고 물었어. 그러자 자리에 있던 모든 사람들이 크게 웃었지.

김 진사가 일어나며 '저는 가난하고 천한 선비로 외람되이 나리의 은총을 후히 입었습니다. 그러나 복이 다하면 재앙이 오는 법! 그만 병이 온몸을 휘감아 먹지도 마시지도 못하고 있습니다. 다른 사람의 도움을 받아 생활해야 하는 처지이지만, 대군께서 오늘 사람과 말을 보내시어 부르셨기에 부축을 받아 몸을 끌고 와서 겨우 뵙는 것입니다.'라고 하였지. 말이 끝나자 앉아 있던 손님들이 모두 무릎을 여미고 공경의 뜻을 표했어. 김 진사는 나이 어린 유생이기에 제일 끝자리에 앉았는데, 내가 있던 안쪽과는 벽 하나를 사이에 두고 있었을 뿐이었어.

밤이 더욱 깊어지자 모든 사람들이 술에 크게 취하였지. 나는 벽에 구멍을 내고 엿보았는데, 김 진사도 내 마음을 알았는지 구석을 향하여 돌아앉더군. 내가 꼭꼭 봉한 편지를 구멍을 통해 던지자, 김 진사는 편지를 주워 들고 집으로 돌아갔단다.

나의 편지를 뜯어 본 김 진사는 그리움과 슬픔을 이기지 못하여 항상 편지를 손에서 놓지 않았고, 나를 생각하는 마음이 전보다 배는 더하여 살아 견디기 너무 힘들어했어. 즉시 답장을 써서 부치려고 하였으나 믿고 맡길 만한 사람을 찾지 못하여 홀로 근심하고 탄식만 하였지.

그러던 중, 김 진사는 동대문 밖에 사는 한 무녀의 집을 찾았어. 그 무녀가 매우 영험하여 수성궁에 드나들며 신임을 두텁게 쌓고 있다는 소문을 듣고 갔던 거야. 무녀의 나이는 서른이 채 되지 않았는데, 미모가 매우 빼어났어. 그러나 일찍 과부가 되고부터는 스스로 음란한 여자를 자처하고 있었는데, 김 진사가 이르자 술과 음식을 성대하게 차려 대접하였어. 김 진사는 술잔만 잡고 술은 마시지는 않은 채 '오늘은 급한 일이 있으니 내일 다시 오겠네.'라고 하였어.

다음 날에 다시 갔으나, 무녀가 어제처럼 후하게 상을 차려 오는 바람에 입도 떼지 못하고 다만 '내일 또 오겠네.'라며 같은 말만 되풀이하였지. 세속의 티를 벗어 버린 듯한 김 진사의 용모를 보고, 무녀는 속으로 무척 기뻐하고 있었어. 하지만 김 진사는 매일 왕래하면서도 다른 말은 한마디도 하지 않았지. 무녀는 '나이가 어린 사람이라 부끄럽고 껄끄러워 말하지 못하는 것이 분명하니, 먼저 유혹하여 밤늦게까지 붙들어 두었다가 잠자리를 같이하리라.' 하고 작정하였어.

다음 날 무녀는 깨끗이 목욕한 뒤, 머리를 빗고 화장을 짙게 하고 온갖 패물로 몸을 꾸몄어. 방 안에는 꽃을 가득히 수놓은 이부

자리와 구슬 방석을 펼쳐 놓은 채 어린 종에게 문밖에 나가 김 진사를 기다리게 하였지.

무녀의 집을 다시 찾은 김 진사는 화려하게 치장한 무녀와 아름답게 펼쳐져 있는 자리를 보고는 괴이한 생각이 들었어. 무녀가 '오늘 저녁은 어떠한 저녁이기에 이렇게 나같이 고운 사람을 만나게 되었을까요?' 하고 물었지. 김 진사는 무녀의 말에 달갑지 않은 표정을 지으며 아무 말도 하지 않았지. 무녀를 전혀 마음에 두지 않았기 때문이야. 그러자 무녀가 '과부의 집에, 젊은 남자가 무엇 때문에 이리도 거리낌 없이 자주 들락날락하는 것이오?'라며 화를 냈어. '자네가 그렇게 신통하다면 내가 이곳에 온 이유를 알지 않겠는가?' 하는 김 진사의 말에 무녀는 즉시 신을 모신 자리로 나아가 절을 올리고는 방울을 흔들고 거문고를 어루만지면서 온몸을 덜덜 떨었어.

잠시 후에 무녀가 몸을 흔들며 '젊은 선비님! 정말 딱하시오. 되지도 않는 어설픈 꾀로 이루기 어려운 계획을 실행하려 하시는구려. 만사가 뜻대로 되지 않을 뿐만 아니라, 삼 년 안에 죽어 저세상 사람이 될 것이오.'라고 말했지. 김 진사는 울며 '자네가 말하지 않아도 나 역시 잘 알고 있네. 하나 가슴속에 한이 겹겹이 쌓여 어떤 약으로도 풀어낼 수가 없네. 자네를 통하여 편지 한 장만이라도 전할 수 있다면, 죽는다 하더라도 다행이겠네.'라며 부탁했어. 무녀

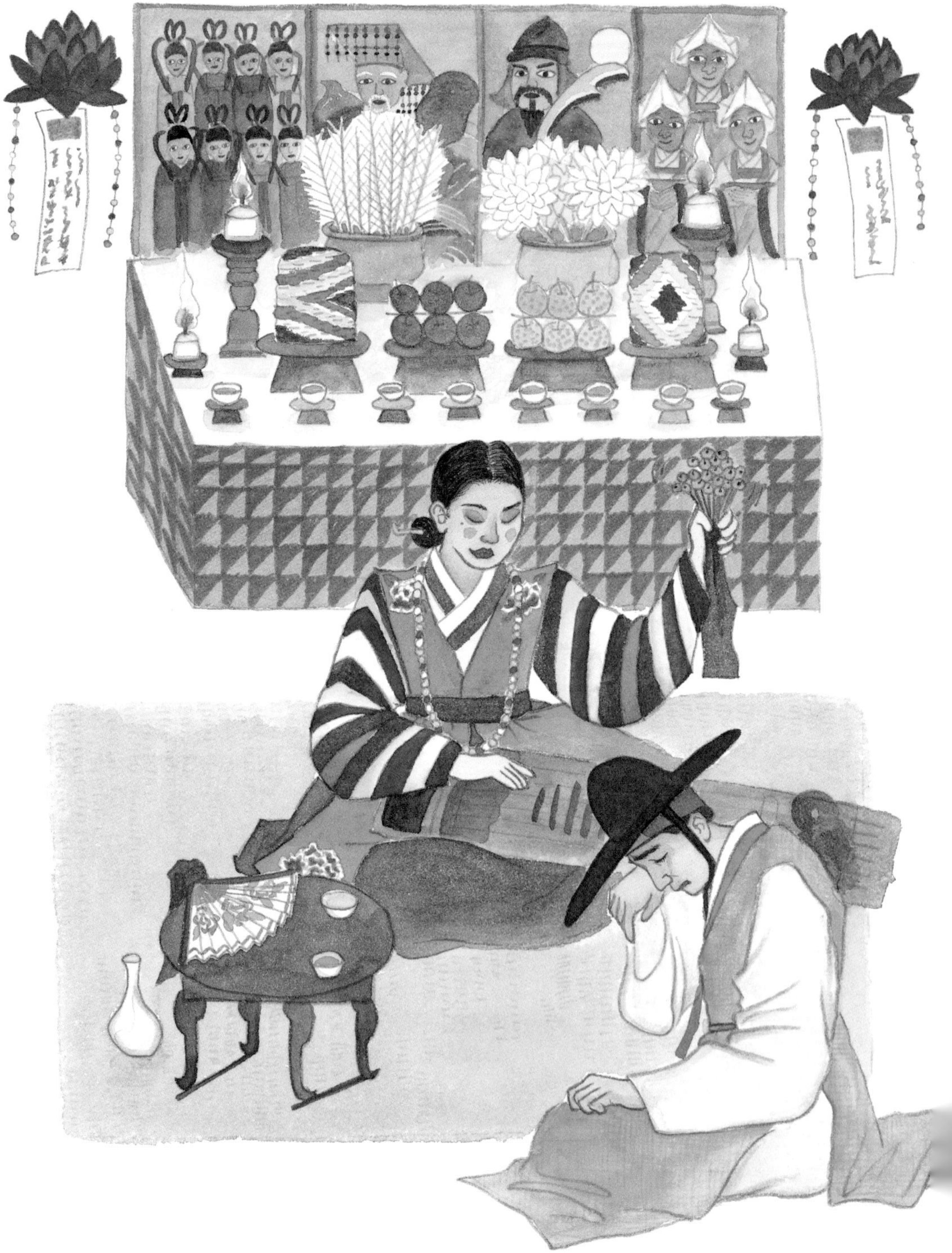

가 '비천한 무녀의 몸으로 천지신명께 올리는 제사 때문에 가끔 수성궁을 출입하기는 하였으나, 들어오라는 명령이 없는데도 가 본 적은 없소이다. 그렇지만 젊은 선비님을 위하여 한번 해 보겠소.'라고 하자, 김 진사는 품속에서 편지를 꺼내 주면서 잘못 전해져서는 절대로 안 된다고 당부하였지.

무녀는 편지를 가지고 수성궁으로 들어갔어. 궁 안에 있던 모든 사람들이 의아하게 여겼지. 무녀는 여러 핑계로 둘러대다가, 틈을 타서 나에게 눈짓을 하더니 아무도 없는 뒤뜰로 데리고 가서 편지를 전해 주더군. 나는 방으로 가서 편지를 읽었는데, 그 내용은 이러했어.

그대와 눈 한번 마주친 이후로 넋이 날아가, 마음을 진정시킬 수가 없었습니다. 매번 수성궁을 바라볼 때마다 창자가 마디마디 잘리는 것 같이 애끓었지요. 지난번 벽 틈으로 편지를 보내 주시어, 잊지 못할 아름다운 말씀을 받아 볼 수 있었습니다. 하지만 다 펼치기도 전에 숨이 막히고, 채 반도 읽지 못하고 눈물이 흘러내렸습니다. 잠자리에 들어도 잠을 이룰 수 없고, 음식을 먹어도 삼킬 수가 없을 만큼 병이 깊어져 어떤 약도 효과가 없었습니다. 저승에서라도 그대를 볼 수 있다면 죽어서라도 따르고 싶습니다.

하늘이시여! 이 몸을 굽어살펴 주십시오. 신령이시여! 도와주시옵소서. 만약 살아생전에 이 내 원을 한 번이라도 풀어 주신다면 몸을 빻고 뼈를 갈아서라도 천지의 모든 신령께 제사를 올리겠사옵니다.

목이 메어 와 더 이상 아무 말도 할 수가 없습니다.

제대로 예의도 격식도 갖추지 못한 채로 글을 써서 보냅니다.

편지글이 끝나는 곳에는 시 한 수도 적혀 있었지.

깊고 깊은 누각은 저녁 안개에 휩싸이고
나무 그늘과 구름 그림자는 온통 흐릿하다.
흐르는 물에 떨어진 꽃잎은 도랑을 따라 떠다니고
어린 제비는 진흙 한입 문 채 둥지로 날아간다.
베개를 고쳐 베어도 잠은 오지 않아
눈을 돌려 드물게 오는 임 소식을 헛되이 기다린다.
꽃다운 얼굴은 바로 앞에 있는 듯한데, 어찌 말이 없는가?
때맞춘 수풀 속 꾀꼬리 울음에 눈물이 옷깃을 적신다.

편지를 다 읽은 나는 숨이 막혀 아무 말도 할 수 없었어. 흐르고 흐르던 눈물도 말라 피가 되어 떨어졌지. 나는 남이 알까 두려워 병풍 뒤로 몸을 숨겼어.

이때부터 잠시도 김 진사를 잊지 못하여 바보처럼, 넋이 나간

미친 사람처럼 지냈어. 속마음이 자연히 얼굴과 말로 드러나고 말았던 거야. 안평 대군께서 계속 의심하고, 다른 궁녀들의 입에 오르내리게 된 데도 다 이유가 있던 것이지."

자란 또한 제 말을 듣고는 눈물을 머금고 말했습니다.

"시는 진정한 마음에서 나오는 것이기에 속일 수가 없단다."

　　　　　　　　　●

"오늘 일은 너희들 모두가 따르기로 찬성한 것이야.

위로는 하늘이 있고, 아래로는 땅이 있으며,

등불과 촛불이 밝게 비추고, 귀신도 이곳에 와 있으니,

내일 딴말해서는 안 된다."

　　　　　　　　　●

남궁과 서궁이
힘을 합하다

하루는 안평 대군이 비취를 불렀습니다.

"너희 열 사람이 한방에 있어 학업에 전념하지 못하니 다섯 명을 나누어 서궁에서 살게 해야겠다."

저와 자란, 은섬, 옥녀, 비취는 그날 바로 서궁으로 옮겨 갔습니다. 옥녀가 말했습니다.

"그윽한 꽃, 가녀린 풀, 흐르는 물, 그리고 향기 어린 숲이 있어, 흡사 산속의 집이나 들판의 별장 같구나. 정말 책 읽기 좋은 곳이야."

"왕을 모시는 측근도 아니고, 비구니도 아닌데 이 깊은 궁궐에 갇혔으니, 이곳은 옛날 한나라 때 황제의 총애를 잃은 반첩여가 물

러나 쓸쓸히 머물던 장신궁 같구나."

저의 대꾸에 모든 사람들이 탄식하였습니다.

그 후 저는 김 진사에게 답장을 전하기 위하여 무녀를 지극정성으로 대접하면서 간절하게 부탁하였으나, 무녀는 끝내 수성궁으로 들어오지 않았습니다. 아마도 김 진사가 자기에게 마음을 주지 않아서 기분이 상했던 모양입니다.

그러던 어느 날 저녁에 자란이 저에게 은밀하게 말하였습니다.

"이곳 궁중 사람들은 매년 추석을 맞이하면 탕춘대* 아래 물가로 가서 비단 빨래를 하고 술자리를 열었지. 올해는 장소를 소격서동*으로 옮겨서, 오가는 중간에 무녀를 만나 보는 것이 가장 좋은 방법인 듯하다."

자란의 말이 맞다는 생각이 들어 추석이 오기만을 기다렸는데, 하루가 삼 년 같았습니다. 그런데 저희 말을 얼핏 들은 비취가 모른 척하며 저에게 말을 걸었습니다.

"네가 처음 왔을 때에는 얼굴이 배꽃 같아 연지분을 바르지 않아도 있는 그대로 아름다웠어. 그래서 궁 안의 사람들이 너를 양귀비의 둘째 언니라고 불렀는데, 요즘에는 너의 얼굴이 예전만 못해

---

* **탕춘대** 지금의 서울 종로구 신영동 부근에 세워져 있던 건물. 이곳에서 연산군이 자주 연회를 베풀었다.
* **소격서동** 지금의 삼청동.

지고 점점 처음의 고움을 잃어 가고 있어. 왜 그런 거니?"

"원래 체질이 허약해서 매번 무더운 여름만 되면 더위 먹는 병에 들었다가, 오동잎이 떨어지고 날씨가 서늘해지면 조금씩 저절로 낫는단다."

저의 대답에 비취는 장난으로 시 한 수를 지어 주었습니다. 시의 내용은 온통 저를 놀리는 것이었지만, 그 뜻은 매우 절묘했습니다. 저는 비취의 재주가 뛰어나다고 생각하면서도, 그 희롱에는 부끄러워졌습니다.

그렇게 몇 개월이 흘러 맑은 가을이 되었습니다. 저녁이면 서늘한 바람이 불고, 가느다란 국화는 노란 자태를 더해 갔습니다. 풀벌레는 소리를 가다듬으며 울고, 흰 달은 더욱 밝은 빛을 흘렸습니다. 저는 내심 기뻤으나 결코 입 밖으로 표현하지는 않았습니다. 그런데 은섬이 말했습니다.

"편지를 전할 좋은 시절이 오늘 밤에서 그리 멀지 않았으니, 인간 세상에 사는 재미가 천상의 즐거움과 다르지 않겠구나."

저는 비로소 서궁 사람들에게는 사실을 숨길 수 없음을 알고 사실대로 고백한 뒤 부탁하였습니다.

"남궁에 있는 다섯 사람들은 모르게 해 줘."

어느덧 기러기 떼가 남쪽으로 날아가고 옥 같은 이슬이 풀잎에

둥글게 맺히니, 바로 맑은 냇물을 찾아 비단 빨래를 하는 때가 되었습니다. 여러 궁녀들과 날짜를 잡으려 하였지만, 의견이 분분하였습니다. 물론 장소도 정하지 못했습니다.

남궁의 궁녀들이 말했습니다.

"탕춘대 아래만큼 푸른 시내와 깨끗한 돌이 있어서 좋은 곳이 없다."

그러자 우리 서궁의 궁녀들도 가만있지 않았습니다.

"소격서동의 경치 또한 성문 밖에 있는 탕춘대에 못지않다. 가까운 곳을 두고 먼 곳을 찾을 이유가 뭐냐?"

하지만 남궁의 궁녀들이 고집을 꺾지 않는 바람에, 밤이 늦도록 아무런 결정도 내리지 못하고 그만 헤어지고 말았습니다.

그날 밤, 자란이 말했습니다.

"남궁의 다섯 사람 가운데 소옥이 유독 탕춘대로 가자고 강하게 주장하고 있더구나. 내가 계교를 써서 소옥의 마음을 돌려놓을게."

자란이 등불을 앞세우고 남궁에 이르자 금련이 반갑게 맞이하였습니다.

"한번 서궁으로 나뉜 뒤부터는 옛날 중국의 진나라와 초나라가 떨어진 거리만큼이나 사이가 멀어진 듯했는데, 오늘 저녁에 이렇게 귀한 걸음으로 여기 와 주니 정말 고마워."

그러자 소옥이 말했습니다.

"무엇이 고맙니? 우리를 설득하러 온 것인데."

자란이 옷깃을 여미고 정색을 하였습니다.

"《시경》을 보면 '다른 사람의 마음을 내가 헤아려 안다'는 구절이 있는데, 바로 너를 두고 한 말인가 보구나."

"서궁 사람들은 모두 소격서동으로 가려고 하였어. 그러나 유독 내가 고집을 부리니 한밤중에 이렇게 찾아온 것이잖니. 설득하러 온 것이 맞지 않니. 뭐 내가 틀린 말을 했니?"

소옥은 단호했습니다.

"서궁의 다섯 사람 가운데에서 나 혼자 소격서동으로 가고자 했던 거야."

"자란이, 너만 유독 성내를 생각한 것은 무슨 마음에서냐?"

"내가 듣기로 소격서는 하늘과 별에 제사를 지내는 곳인데, 그 동네 이름을 삼청동*이라고도 한단다. 나는 우리 열 사람이 이 삼청궁의 선녀였다가 죄를 짓는 바람에 인간 세상으로 귀양을 온 것이라고 생각하고 있어. 이미 속세에 있으니 산속 집이건, 들녘 마을이건, 농사짓는 집이건, 고기 파는 상점이건 어디든지 살 수 있는 거 아니겠니?

---

* 삼청(三淸)은 신선이 산다는 옥청(玉淸), 상청(上淸), 태청(太淸)을 모두 합친 말이다.

하지만 지금 우리는 새장 속의 새처럼 궁중에 꼼짝없이 갇혀서, 노란 꾀꼬리의 울음소리를 들으면 탄식하고 푸른 버들을 대하면 한숨지으며 살고 있지. 심지어 어린 제비도 쌍쌍이 날고, 둥지에 깃든 새도 두 마리가 함께 잠들지 않니. 백 개나 되는 줄기가 낮에는 떨어져 있다가 밤이 되면 합쳐지는 합환초라는 풀이 있으며, 뿌리가 다른 두 나무의 가지가 서로 이어져서 하나가 되는, 연리지라는 나무도 있지. 무지한 초목과 지극히 미미한 날짐승들도 암컷과 수컷으로 나뉘어 서로 만나 즐거움을 나누는데, 우리 열 사람은 도대체 무슨 죄를 지었기에 적막한 궁에 오래도록 갇혀서 꽃 피는 봄날에도 달 밝은 가을밤에도 단지 등불을 짝으로 삼아, 죽어서도 한이 될 원통함만 쌓는단 말인가? 타고난 운명이 야박하다고 해도 어찌 이다지도 심할 수 있을까? 한번 늙으면 다시 젊어질 수 없으니 다시 잘 생각해 보기 바란다. 어찌 가슴이 아프지 않겠니?

그래서 맑은 냇물에 씻어 몸을 깨끗이 한 뒤, 제사를 올리는 사당에 들어가 백 번 절하고 두 손 모아 다음 세상에서는 이런 고통이 없게 해 달라고 기도하려 한단다. 무슨 다른 뜻이 있겠니? 우리 열 명은 그 정이 동기와 같은데, 이번 일로 공연히 서로 의심하게 되었구나. 모두 내가 못난 탓이야. 내 말이 너희에게 믿음을 주지 못했기 때문이지."

이 말을 듣고 소옥이 사과하였습니다.

"내가 모자라 너의 깊은 생각을 헤아리지 못하였구나. 내가 처음에 소격서동을 반대한 이유는 그저 성안에 무뢰배들이 많다는 걱정 때문이었어. 그래서 주저했던 것인데, 네가 나를 금방 깨우쳐 주었어."

갑자기 부용이 나섰습니다.

"이렇게 밤늦도록 결론이 나지 않았다는 것은 그 일이 순리에 맞지 않는다는 의미야. 대군께서 집안의 일을 알지도 못하는데 우리들끼리 몰래 모의하는 것은 옳지 않아. 게다가 비해당 앞 탕춘대는 물이 맑고 돌이 깨끗하여 그곳에서 매년 빨래를 해 왔는데, 지금에 와서 왜 바꾸려고 하는지 이해가 가지 않는구나. 나는 너희들의 결정을 따르지 않겠어."

그러자 보련이 말했습니다.

"말을 어떻게 하는지에 따라 좋은 일이 올 수도 있고 재앙이 뒤따를 수도 있어. 이런 까닭에 군자는 마치 깨지기 쉬운 병을 간수하듯이 조심하며 입단속을 하였지. 내가 지금 너희 말을 들어 보니, 자란의 말은 무언가 숨기고 드러내지 않은 것이 있고, 소옥의 말은 억지로 그냥 따르려 하고 있으며, 부용의 말은 그럴듯하게 꾸미는 데만 힘쓰고 있는 것 같아. 모두 내 마음에 들지 않으니 나는 이번 행사에 참여하지 않을 작정이야."

바로 그때 금련이 말했습니다.

"오늘 밤 논쟁이 하나로 통일되지 않으니, 내가 점을 한번 쳐 보겠다."

말을 마치고는 즉시 주역을 펼치고는 점괘를 얻어 풀이하였습니다.

"내일 운영은 반드시 사내를 만날 것이다. 운영의 용모와 행동 거지는 인간 세상에서는 볼 수 없을 정도로 매우 특별하지. 대군의 마음이 운영에게 기운 지는 이미 오래되었어. 그러나 운영이 죽기로 거절하였지. 이는 다름이 아니라 대군의 부인께서 보여 주신 은혜를 차마 저버릴 수 없어서였어. 이제 적막한 탕춘대를 마다하고 성안의 번화한 소격서동으로 가려고 하는데, 그리하면 떠돌아다니는 호방한 젊은 남자 가운데 운영의 아름다운 모습을 보고서 넋을 잃고 미치려고 하는 자가 분명히 있을 거야. 비록 그날 가까이 접근할 수는 없겠지만, 손가락으로 가리키고 눈길을 보낼 터인데, 이 또한 욕된 일이야. 지난번에 대군께서 '궁녀가 궁문을 나서서, 궁궐 밖의 사람이 그 이름을 알게 되면 그 죄를 물어 모두 죽이겠다'

고 하셨어. 그러니 나는 이번 행사에는 참여하지 않겠다."

결국 일이 틀어졌음을 알고 자란이 실의에 빠져 쓸쓸히 작별하고 돌아서려는 순간, 비경이 흐느끼면서 자란의 비단 허리띠를 잡고는 억지로 머물게 하였습니다. 그러더니 앵무새 모양의 잔에 술을 가득 부어 주었습니다. 좌우에 있던 다른 사람들이 모두 마시고 나자, 금련이 말했습니다.

"오늘 밤 모임에서는 차분하려고 애썼는데, 비경이 우는 바람에 내 마음이 답답해졌어."

비경이 입을 열었습니다.

"처음에 우리들 모두 남궁에 있을 때, 나는 운영과 매우 가깝게 지내며 앞으로 생사고락을 같이하기로 약속했었어. 지금 비록 서로 다른 곳에 머물고 있지만 어떻게 그 약속을 잊을 수 있겠니? 그런데 며칠 전, 대군께 문안을 올리던 때 대청마루 앞에서 운영을 보았어. 가는 허리는 비쩍 말라 끊어질 것 같았고, 얼굴은 아주 초췌한 데다가 실낱같은 목소리는 입 밖으로 나오지 못하는 것 같았어. 운영은 일어나 대군께 절하려는 순간에 그만 쓰러지고 말았지. 내가 부축해 일으키며 좋은 말로 따뜻하게 대하자, 운영이 '불행히도 병이 들어 머잖아 죽을 것 같아. 보잘것없는 목숨이니, 죽는 것은 조금도 아깝지 않아. 하지만 다른 아홉 명이 지은 아름다운 시편들이 세상을 크게 움직일 텐데, 그 모습을 보지 못할 것 같아 슬품을 금할 수가 없구나.'라고 말하였어. 그 말이 너무 처절해서 나도 눈물을 흘리고 말았어. 한데 지금 생각해 보니, 운영의 병은 그리움에서 시작되었던 거야. 아! 자란은 운영의 친구로다. 죽으려는 사람을 소격서동의 태을사 제단 위에 올리려고 하는 거구나. 이번 계교가 성공하지 못하면 운영은 죽어서도 눈을 감지 못할 것이고, 그렇게 되면 원망은 남궁 사람들에게 돌아오겠지? 《서경》에 '착한 일을 하면 온갖 좋은 일을 내려 주고, 나쁜 일을 하면 온갖 재앙을 내려 준다'고 했는데, 오늘 우리가 의논하는 것은 착한 일일까? 나쁜 일일까?"

소옥이 말하였습니다.

"나는 이미 허락하였어. 그러니 어찌 이제 와 그만둘 수 있겠니? 설사 일이 탄로 난다고 해도 운영이 혼자 죄를 받을 것이니, 다른 사람들이야 무슨 상관이 있겠니? 나는 두말하지 않겠어. 당연히 운영을 위하여 죽을 수 있어."

자란이 말했습니다.

"찬성이 반, 반대가 반이니 이 일은 합의되지 않은 거야."

말을 마치고 가려고 하다가 다시 앉아서는 다시 그들의 뜻을 살펴보았습니다. 어떤 이는 찬성하고는 싶으나 한 입으로 두말하는 것이 부끄러워 꺼리고 있었습니다. 자란이 다시 말했습니다.

"세상의 일은 원리대로 할 때도 있지만, 상황에 맞게 하는 법도 있단다. 어찌 형편과 경우를 살피지 않고, 고집스레 앞에 한 말만 지키려고 하니?"

비경이 말하였습니다.

"옛날 중국의 전국 시대에 소진이라는 사람은 천하에서 힘을 겨루던 여섯 나라의 왕들을 만나, 서로 힘을 합쳐서 가장 강한 진나라에 함께 대항해야 한다고 설득하여 성공했다고 해. 오늘 자란이 우리 다섯 사람을 순순히 따르게 하였으니, 정말 사람들을 설득시키는 말 잘하는 사람이라고 할 만하다."

자란이 응대하였습니다.

"소진은 그 대가로 여섯 나라의 재상이 되는 보상을 받았는데, 이제 나에게는 무엇을 줄 건데?"

그러자 금련이 말했습니다.

"여섯 나라가 힘을 합친 것은 각자에게 이로움이 있었기 때문이지. 그렇다면 오늘 너의 말을 따른 우리들에게는 무슨 이로움이 있는 것이냐?"

금련의 이 한마디에 모두 얼굴을 마주 보고 웃었습니다.

"남궁에 사는 너희들은 끊어질 뻔한 운영의 목숨을 다시 이어 주었어. 어찌 감사의 뜻을 나타내지 않을 수 있겠니?"

말을 마치고 자란이 자리에서 일어나 두 번 절을 하자, 소옥도 일어나 절을 하였습니다. 자란이 다시 말했습니다.

"오늘 일은 너희들 모두가 따르기로 찬성한 것이야. 위로는 하늘이 있고, 아래로는 땅이 있으며, 등불과 촛불이 밝게 비추고, 귀신도 이곳에 와 있으니, 내일 딴말해서는 안 된다."

자란이 다시 감사의 뜻을 표했고, 다섯 사람은 모두 중문 밖까지 나와 자란을 배웅하였습니다.

자란이 저에게 왔을 때, 저는 벽을 잡고 일어나 두 번 감사의 인사를 하고 말하였습니다.

"나를 낳아 주신 분은 부모님이지만, 나를 살린 사람은 자란이 너란다. 죽어 땅속에 묻히기 전에 이 은혜는 꼭 갚겠어."

●

"천금같이 귀중한 낭군께서

저를 비천하게 여기지 않으시고

이처럼 누추한 곳까지 오셔서 첩을 기다리셨습니다.

저는 이제 죽음으로써 낭군을 받아들이겠습니다."

●

붓끝에서 떨어진 **먹물 한 점**이
사랑이 되다

저는 앉은 채로 아침이 오기를 기다렸다가, 들어가 안평 대군에게 문안을 올렸습니다. 우리 열 명이 모두 물러 나와 가운데 대청에 모이자, 소옥이 말했습니다.

"하늘이 맑고 물이 차서 비단 빨래를 하기에 아주 적당한 때이니, 오늘 소격서동에 천막을 치는 것이 좋을 듯해."

나머지 여덟 명도 같은 생각이었습니다. 저는 서궁으로 돌아가 흰 비단에 가슴 가득했던 슬픔과 원망을 글로 썼습니다. 그러고는 그 편지를 품에 넣고 나왔지요. 저는 일부러 자란과 함께 뒤에 처져서는 말을 모는 어린 종에게 말했습니다.

"동문 밖에 사는 무녀가 아주 영험하다고 하니, 내 병에 대하여 물어보고 가자."

어린 종은 제 말을 따랐습니다. 무녀의 집에 다다랐을 때, 저는 공손한 말로 애걸했습니다.

"김 진사를 한번 보고 싶어 이곳에 왔습니다. 그에게 급히 연락해 준다면 평생 은혜를 갚겠습니다."

무녀가 제 말대로 기별을 하자, 김 진사가 넘어질 듯 이르렀습니다. 저희 두 사람은 그저 서로 얼굴만 마주 볼 뿐 한마디 말도 하지 못한 채 눈물만 흘렸습니다. 잠시 후, 제가 비단에 쓴 편지를 건네며 말했습니다.

"저녁에 다시 올 테니 이곳에서 기다려 주십시오."

저는 곧바로 말을 타고 떠났고, 김 진사는 편지를 뜯어 읽었습니다.

예전에 신통한 무녀가 한 통의 편지를 전해 주기에 받아 보니, 맑고 고운 글이 종이 가득히 정성스럽게 담겨 있었습니다. 공손히 받들어 거듭거듭 읽다 보니 슬픔과 기쁨이 번갈아 일어나 마음을 진정시킬 수가 없었습니다. 즉시 답장을 드리고 싶었으나 믿고 보낼 사람이 없었고, 비밀이 탄로 날까 두려웠지요. 그래서 목을 길게 빼고 기다리며 담장 너머 먼 곳만 바라볼 뿐이었습니다. 날아가고자 해도 날개가 없어 애가 탔고, 넋이 나간 채 다만 죽을 날만 기다리고 있었습니다. 죽기 전에 이

조그맣고 흰 비단에 제 평생의 심정을 다 드러내니, 낭군께서는 유념하여 살피시기를 엎드려 바랍니다.

제 고향은 남쪽 지방입니다. 부모님께서는 여러 자식들 가운데 유독 저를 아끼셨고, 제 마음대로 밖에 나가 놀거나 장난치게 내버려 두었습니다. 저는 숲과 시냇가는 물론 매화나무, 대나무, 귤나무, 유자나무 그늘 아래에서 날마다 노는 것이 일이었습니다. 이끼 낀 강가 바위에서 낚시하는 사람들, 소 풀 먹이기를 마치고 피리 부는 아이들의 모습도 아침저녁으로 보았습니다. 그 밖에 산과 들의 모습이며 시골집의 정겨움은 일일이 말할 수도 없습니다. 그러면서도 부모님께서는 처음에 저에게 《삼강행실도》와 《칠언당음》*을 가르치셨습니다.

그러다가 열세 살 때, 안평 대군의 부르심을 받고 부모 형제와 이별하여 궁에 들어오게 되었습니다. 저는 집에 돌아가고 싶은 마음에 머리도 빗지 않고 세수도 하지 않은 채 더럽고 해진 옷만을 입었습니다. 다른 사람들에게 누추하게 보이기 위해서였지요.

그런데 한 궁녀가 궁중 뜰에 엎드려 울고 있는 저를 보고 오히려 '한 떨기 연꽃이 저절로 뜰에 피어났구나.'라고 말하였습니다. 그 후 부인께서는 저를 친자식처럼 아껴 주셨고 대군께서도 저를 평범한 눈으로 바라보지 않으셨으며, 궁중 사람들도 형제처럼 사랑해 주었습니다.

---

* 《칠언당음》 중국 당나라 시인들의 칠언시(한 행에 일곱 글자로 이루어진 시)를 모아 놓은 책.

제가 학문에 몰입하게 되면서부터 자못 의리를 알고 음률도 분별할 수 있게 되자, 궁 안의 사람들이 모두 감탄하였습니다.

서궁으로 옮긴 뒤에는 거문고와 서예에만 힘을 기울였습니다. 조예가 깊어지자, 손님들이 지은 시들은 하나도 눈에 차지 않았습니다. 저는 한스러운 마음이 들었습니다. 세상에 이름을 날려 보지도 못한 채, 기구한 운명의 여자가 되어 깊은 궁궐에 갇혀 끝내 말라 죽어야 하는 신세였기 때문입니다.

사람이 태어나 한번 죽고 나면 누가 다시 알아주겠습니까? 한이 마음 깊은 곳에 맺히고 원망이 가슴에 가득 찼습니다. 수놓던 것을 멈추고 그것을 등불에 태우기도 하고, 베를 짜다가도 북을 던지고 베틀에서 내려와 비단 휘장을 찢거나 옥비녀를 부러뜨려 버리기도 했습니다. 잠시 술을 마시고 흥이 나면 신을 벗고 산보를 하다가 섬돌에 핀 꽃들을 꺾어 버리기도 하고 뜰의 풀을 뽑아 버리기도 하며, 바보인 듯 미치광이인 듯하고 다녔으나 끝내 제 마음을 진정시킬 수는 없었습니다.

그러던 지난해 가을밤, 우연히 낭군의 모습을 처음 보았지요. 저는 낭군이 천상의 신선이 죄를 지어 속세에 내려온 것이라고 생각했습니다. 저의 용모는 다른 아홉 명에 비해 가장 못났지만, 전생에 무슨 인연이 있었던 건가요? 붓끝에서 떨어진 먹물 한 점이 결국 가슴 깊이 한이 쌓이게 할 줄 어찌 알았겠습니까? 저는 낭군을 주렴 사이로 바라보면서 부부가 되어 사는 모습을 상상하였고, 꿈속에서의 만남이 서로

잊지 않는 정으로 이어지기를 바랐습
니다.

　비록 한 번도 낭군과 이부자리 속
의 사랑을 나누지는 못했지만, 훤칠하고 빛나
는 용모는 언제나 황홀하게 제 눈 속에 어리었
습니다. 배꽃에서 울어 대는 두견새 소리와 오
동나무에 떨어지는 가을 밤비 소리는 서글퍼
차마 듣지 못하였고, 뜰 앞에 솟아나는 고운
풀과 맑은 하늘가에 외로이 떠 있는 구름도
슬픈 마음에 차마 보지 못하였습니다. 때로
는 병풍에 기대어 멍하니 앉아 있었고, 때로
는 난간에 기대어 우두커니 서 있었습니다.
가슴을 두드리고 발을 구르며 저 푸른
하늘에 하소연도 해 보았습니다. 낭군
께서도 저를 생각하셨는지요?

낭군을 다시 보지 못하고 갑자기 죽게 된다면 땅과 하늘이 다하여
없어지더라도 저의 이 원통함은 사라지지 않았을 것입니다. 오늘 비단
빨래를 하러 가는 행사는 서궁과 남궁의 궁녀들이 모두 모이기에 이곳
에 오래 머물 수는 없습니다.

　　눈물은 먹물과 뒤섞이고, 넓은 비단 편지 위에 맺힙니다. 엎드려 바
라오니, 낭군께서 이 편지를 굽어보아 주십시오. 또 변변치 못한 작품
을 적어, 앞에 보내 주신 시에 답합니다. 아름답지는 않지만, 저의 영원
한 마음을 담았습니다. 하나는 가을의 아픔을 노래한 것이요, 다른 하
나는 그리워하는 마음을 읊은 것입니다.

　　이날 저녁 돌아올 때, 저는 자란과 함께 먼저 나서며 동문 쪽으
로 향했습니다. 소옥이 미소를 지으며 시 한 수를 지어 주었는데,
저를 희롱하는 뜻으로 가득했습니다. 저는 마음속으로 부끄러워하
였는데, 그 내용은 이렇습니다.

　　태을 사당 앞 한 줄기 물은 굽이돌고
　　산꼭대기 구름이 흩어지자 마침내 궁궐 문이 열렸다.
　　세차게 부는 광풍을 견디지 못한 한 허리 가는 여인네가
　　잠시 숲속에 피했다가 날이 저물어서야 돌아온다.

소옥에 이어 자란, 비취와 옥녀도 시를 지었는데, 모두 저를 놀리는 내용이었습니다.

저는 말을 타고 앞서 와 무녀의 집에 도착하였습니다. 무녀는 얼굴에 화난 기색이 가득했고, 벽을 향해 앉은 채 돌아보지도 않았습니다. 김 진사는 비단 편지를 가슴에 품고는 하루 종일 울어서, 실성한 사람처럼 넋이 나가 제가 오는 것조차 몰랐습니다. 저는 왼손에 끼고 있던, 옥색이 깃든 금가락지를 빼어 김 진사의 품속에 넣어 주면서 말했습니다.

"천금같이 귀중한 낭군께서 저를 비천하게 여기지 않으시고 이처럼 누추한 곳까지 오셔서 첩을 기다리셨습니다. 제가 비록 둔하고 어리석으나 목석은 아니옵니다. 저는 이제 죽음으로써 낭군을 받아들이겠습니다. 이 금가락지가 그 증거가 될 것입니다."

그러고는 갈 길이 바빠 이별을 하려고 하자, 눈물이 비 오듯 쏟아졌습니다. 저는 김 진사의 귀에 대고 속삭였습니다.

"저는 서궁에 있습니다. 낭군께서 밤을 틈타 서쪽 담으로 들어오신다면, 전생에도 현세에도 내세에도 이루지 못할 우리의 인연을 맺을 수 있을 것입니다."

말을 마치고 그곳을 나와 먼저 궁문으로 들어가자, 나머지 여덟 명도 차례로 도착했습니다.

그날 밤 이경*에 소옥과 비경이 등불로 길을 밝히며 서궁으로 왔습니다.

"낮에 무심코 지은 시에 너를 희롱하는 뜻을 담은 것 같아서 마음에 걸렸어. 그래서 밤이 깊었지만, 사과하러 왔단다."

두 사람의 말에 자란이 답하였습니다.

"여자의 마음은 모두 똑같아. 우리 모두는 오래도록 별궁에 갇혀 짝 없는 그림자를 슬퍼하였지. 마주 대하는 것은 등불뿐이요, 하는 일이란 거문고 타며 노래하는 것뿐이었어. 온갖 꽃들이 꽃봉오리를 머금은 채 웃고, 두 마리 제비가 날개를 나란히 하며 노닐 때, 기구한 운명의 우리들은 깊은 궁궐에 갇혀 그저 봄이구나 생각할 따름이니 그 마음이 어땠겠니? 그런데 너희 남궁 사람들은 어찌하여 밤마다 정절을 지키며 외로이 지내면서도, 운영의 마음을 모르느냐?"

소옥과 비경은 자란의 말에 한없이 눈물을 흘리며 말했습니다.

"한 사람의 마음이 곧 온 세상 사람들의 마음이라고 했어. 오늘 큰 가르침을 받고 나니 끝없이 슬프구나."

그러고는 일어나 예를 표하고 갔습니다. 소옥과 비경이 돌아가고 난 뒤, 저는 자란에게 말했습니다.

* **이경**(二更) 하룻밤을 다섯 경으로 나누었을 때의 두 번째 경. 밤 9~11시 사이.

"오늘 저녁에 낭군과 굳게 약속했단다. 낭군께서 오늘이 아니면 내일은 반드시 담을 넘어서 오실 텐데, 어떻게 대접해야 하지?"

"수가 놓인 휘장이 겹겹이 둘러져 있고, 비단 방석이 빛나고 아름다우며, 술은 강물만큼이나 많고, 고기는 언덕처럼 쌓여 있단다. 오시기만 한다면야 대접하는 데 무슨 어려움이 있겠니?"

그날 밤 김 진사는 결국 오지 않았습니다. 수성궁의 담장이 워낙 높고 험해서 몸에 날개가 없으면 넘을 수 없을 정도였기 때문입니다.

집으로 돌아온 김 진사는 말없이 있었으나, 근심하는 마음이 얼굴에 드러났습니다. 그때 특이라는 종이 김 진사의 안색을 살피더니 앞으로 나왔습니다. 특은 평소에 재주와 기술이 많기로 소문이 나 있던 종이었습니다. 그가 무릎을 꿇고 아뢰었습니다.

"진사 어른께서는 필시 이 세상에 오래 사시지 못할 것만 같습니다."

말을 마치고 뜰에 엎드려 울자, 김 진사가 속에 품고 있었던 이야기를 모두 털어놓았습니다. 그러자 특이 말했습니다.

"어찌 일찍 말씀하시지 않으셨습니까? 제가 한번 맡아서 해 보겠습니다."

그러고는 곧바로 접었다 폈다 할 수 있는 가벼운 사다리를 만

들어 왔습니다. 접으면 마치 병풍을 겹쳐 놓은 모양이지만, 펼치면 대여섯 길* 정도로 길어졌습니다. 게다가 들고 다니기도 쉬웠습니다. 특이 사다리를 사용하는 방법을 알려 주면서 말했습니다.

"이 사다리를 가지고 궁궐 담에 올라가신 뒤에 바로 접었다가 담장 안으로 펼쳐 내리십시오. 오실 때도 똑같이 하시면 됩니다."

김 진사는 너무나 기뻤습니다. 그날 밤 출발하려고 할 때, 특이 품속에서 짐승의 털가죽으로 만든 버선을 내어 주며 말하였습니다.

"이것이 없으면 가시기가 어렵습니다."

김 진사가 신고 걸어 보니, 나는 새처럼 가벼워 땅을 밟아도 발자국 소리가 나지 않았습니다. 김 진사는 특의 계교대로 궁궐 안팎의 담을 넘어 들어와 대나무 숲속에 엎드려 숨었습니다. 달빛은 낮처럼 밝게 비추고 궁궐 안은 고요하였습니다. 잠시 후에 궁궐 안에서 한 낭자가 낮은 소리로 시를 읊으면서 산보를 하였습니다. 김 진사는 대나무를 헤치고 머리를 내밀면서 속삭였습니다.

"오시는 분은 뉘신지요?"

그 사람이 웃으며 답하였습니다.

"진사님! 나오세요. 진사님! 나오세요."

김 진사가 재빨리 앞으로 나오며 인사했습니다.

---

* **길** 길이의 단위. 한 길은 여덟 자 또는 열 자로 약 2.4미터 또는 3미터에 해당한다.

"나이 어린 사람이 풍류의 흥취를 이기지 못하여 만 번 죽을죄를 무릅쓰고 감히 이곳에 온 것이니, 낭자는 나를 가엽게 여겨 주시오."

"진사님이 오시기를 가문 날에 비를 바라듯 하였습니다. 지금이라도 뵙게 되었으니 운영은 이제 살았습니다."

그 사람은 바로 자란이었습니다. 자란이 즉시 김 진사를 인도하였습니다. 김 진사는 어깨를 잔뜩 움츠린 채, 층계를 지나 구불구불한 난간을 돌아 들어왔습니다. 저는 비단 창문을 열고 옥으로 된 등에 불을 밝히고 앉아 있었습니다. 향로에는 좋은 향이 타고 있었고, 유리로 된 책상 위에는 소설책이 펼쳐져 있었습니다.

제가 김 진사가 오는 것을 보고 자리에서 일어나 절을 하자, 김 진사도 답례로 절을 하였습니다. 손님과 주인의 예법에 따라 동서로 나누어 자리에 앉고는 자란에게 진수성찬을 차리게 하여 술을 따라 마셨습니다. 술이 석 잔 정도 돌자 김 진사가 짐짓 취한 척하며 말했습니다.

"밤이 얼마나 깊었는지요?"

자란은 그 말의 뜻을 알아채고는 문을 닫고 밖으로 나갔습니다. 저는 등불을 끄고 김 진사와 잠자리에 들었습니다. 그 기쁨은 짐작할 수 있을 것입니다.

밤이 새벽을 향하여 가더니, 어느새 닭들이 울며 날이 밝았음을

알렸습니다. 김 진사는 자리에서 일어나 떠났습니다. 하지만 그 이후로 김 진사는 매일 밤이면 들어왔다가 새벽이 되면 나갔습니다. 우리의 정은 더욱 깊어만 가서 멈출 수가 없었습니다. 눈 내리는 날이면 김 진사의 발자국이 담장 안에 적지 않게 남아 있어, 이러다 들키는 것은 아닌지 궁녀들이 걱정할 정도였습니다.

●

"서로 오랫동안 사랑하려고 하다가는
재앙이 더 빨리 오고 마는 법이다.
한두 달 사귄 걸로 만족해야 하는데
담을 넘어 도망가려고 하다니."

●

흐르는 눈물은
이불을 적시네

김 진사는 저를 만나면서도 좋은 일 끝에 재앙이 생기지는 않을까 마음속에 큰 두려움이 생겨 온종일 불안해했습니다.

그러던 어느 날, 노비 특이 말했습니다.

"왜 제게 아직까지 상을 주시지 않는 것입니까? 저의 큰 공을 잊으셨는지요?"

"가슴에 새겨 잊지 않고 있으니, 곧 후히 상을 내리겠다."

"그런데 지금 진사 어른의 안색을 보니 근심이 있는 것 같습니다. 무슨 일 때문인지요?"

"운영을 만나지 말자니 병이 심장과 뼈에 사무치고, 만나자니 헤아리기 어려울 정도로 큰 죄를 짓는 것이니 어찌 근심스럽지 않

겠느냐?"

"진사 어른, 그렇다면 운영 아씨를 훔쳐 업고 달아나시면 어떻
느지요……?"

김 진사는 그럴듯하다고 생각하였습니다.

그날 밤 김 진사는 특의 계교를 두고 저와 상의하였습니다.

"특이 종이기는 하나 지혜롭고 꾀가 많습니다. 그의 계교가 어
떻습니까?"

저는 고개를 끄덕였습니다.

"제 부모님이 재산이 많아서, 저는 궁에 들어올 때 옷과 온갖
금은보화를 신고 왔지요. 게다가 대군께서 내려 주신 물건도 많습
니다. 말 열 필이 있어도 이것들을 모두 실어 나를 수 없을 정도입
니다."

김 진사가 돌아가 특에게 이 말을 전했고, 특은 매우 기뻐했습
니다.

"저를 믿어 주십시오. 제 친구 중 힘이 장사인 사람이 열일곱
명이나 있습니다. 날마다 남의 물건을 억지로 빼앗는 짓을 일삼아
도 사람들이 감히 막지 못하지요. 그러나 저와는 깊이 사귀는 사이
기에 제 말이라면 그대로 따릅니다. 이들을 시키면 태산도 옮길 수
있을 것입니다."

김 진사가 들어와 이 말을 전하였습니다. 그리하여 저는 밤마다

재물을 잘 싸서 정리하였고, 마침내 7일째 되던 날 이것들을 모두 밖으로 옮길 수 있었습니다.

특이 말했습니다.

"진사 어른! 이처럼 귀중한 보물을 댁에 그냥 두시면 분명 대감 마님께서 의심하실 것입니다. 그렇다고 저의 집에 쌓아 두면 다른 사람들의 의심을 받겠지요. 뾰족한 수가 없으니, 산속에 구덩이를 파서 깊이 묻어 두는 것이 좋겠습니다."

"그러다 혹 잃어버리기라도 하면 우리는 도적의 누명을 쓸 것이다. 반드시 잘 지켜야 한다."

"제 계교가 이다지도 깊고, 제 친구가 이렇게도 많습니다. 제가 긴 칼을 차고 밤낮으로 떠나지 않고 지킬 것입니다. 그러면 제 눈은 도려낼 수 있어도 이 보물은 빼앗을 수 없을 것이요, 제 다리는 자를 수 있어도 이 재물은 절대 가져갈 수 없을 것입니다. 염려치 마시옵소서."

하지만 사실 특은 다른 속셈을 품고 있었습니다. 재물을 가로챈 뒤에 저와 김 진사를 계곡으로 유인하여, 김 진사를 죽이고 저와 재물을 한꺼번에 차지할 계획을 품고 있었던 것입니다. 그러나 세상 물정에 어두운 선비인 김 진사는 전혀 눈치채지 못하였습니다.

이때 안평 대군은 이전에 지은 비해당에 아름다운 현판을 달고

자 여러 손님들에게 시를 지어 보라고 했지만 모두 마음에 들지 않았습니다. 결국 안평 대군은 억지로 김 진사를 초청하여 잔치를 열고는 시를 한 편 달라고 간청했습니다.

김 진사가 붓을 한 번 휘돌려 써 내려갔는데, 그 시는 산수의 경치며 비해당의 풍경을 정성스럽게 표현해 내어 한 자도 고칠 것이 없었습니다. 중국의 시인 두보는 먼저 죽은 이태백에게 바치는 시에서 '붓을 내려 쓰면 바람과 비를 놀라게 하고, 시가 완성되면 귀신을 감동시킨다'고 극찬한 바가 있습니다. 김 진사의 시가 바로 그랬습니다. 안평 대군이 구구절절 칭찬하면서 말했습니다.

"뜻밖에도 오늘 중국 당나라의 뛰어난 시인 왕자안을 다시 본 것 같구나."

안평 대군이 계속 시를 읊조리다가, '담장을 따라 몰래 풍류의 노래를 훔쳤네'라는 구절에 이렀습니다. 갑자기 안평 대군은 시 읊기를 멈추고 미심쩍어하는 표정을 지었습니다. 그러자 김 진사가 자리에서 일어나 절을 올리고는 말했습니다.

"저는 이미 취하여 인사불성이 되었으니 물러가고자 합니다."

안평 대군은 시종에게 명령하여 김 진사를 부축하도록 하였습니다.

다음 날 밤에 김 진사가 들어와 저에게 말했습니다.

"떠나는 것이 좋겠습니다. 대군께서 어제 지은 시를 보시고는 저를 의심하셨습니다. 떠나지 않으면 후환이 있을까 두렵습니다."

제가 답하였습니다.

"어젯밤 꿈속에서 한 사람을 보았는데, 생김새가 아주 사납고 무서웠습니다. 그 사람은 스스로를 포악한 흉노족의 왕 묵특 선우라고 하면서 '이미 오래전에 한 약속이 있어서 만리장성 아래에서 기다린 지 오래다.'라고 말하였습니다. 아무래도 꿈의 징조가 좋지 않습니다."

"꿈속의 허황된 일을 어찌 믿을 수 있겠습니까?"

"그가 만리장성이라고 한 것은 궁궐의 담장이요, 묵특이라고 한 것은 노비 특을 가리키는 것 같습니다. 낭군께서는 특의 속내를 잘 알고 계신지요?"

"이 노비가 본래 흉악한 놈이기는 하나 나에게는 충성을 다하였소. 낭자와 이렇게 좋은 인연을 맺을 수 있었던 것도 모두 특의 계교 덕분이었습니다. 어찌 처음에 충성을 바치다가 나중에 악행을 저지르겠습니까?"

"낭군의 말씀이 이러하니, 제가 어찌 따르지 않겠습니까? 다만 마음에 걸려, 그동안 자매처럼 정을 나누었던 자란에게는 알려야 하겠습니다."

이에 즉시 자란을 불렀습니다. 제가 김 진사의 계획을 말하자

자란이 크게 놀라며 꾸짖었습니다.

"서로 오랫동안 사랑하려고 하다가는 재앙이 더 빨리 오고 마는 법이다. 한두 달 사귄 걸로 만족해야 하는데 담을 넘어 도망가려고 하다니, 이것이 어찌 사람이 할 짓이니? 대군께서 너에게 기울이셨던 마음을 생각해 보았니? 부모님께 화가 미치는 것은 어떻게 하니? 서궁의 모든 사람들도 생각해 봐. 세상은 하나의 그물 속에 들어 있으니, 하늘에 오르거나 땅으로 꺼지지 않는 한 어디로 도망칠 수 있겠니? 설령 도망쳤다가 잡히기라도 하면 그 재앙이 어찌 네 한 몸에만 그치겠니? 꿈의 징조가 불길한 것은 말할 필요도 없다. 혹시 징조가 좋았다면 기꺼이 도망치려고 했던 것이니?

이제 그만 마음을 접고 정숙함을 지키렴. 편안히 앉아 하늘의 뜻을 따르는 것이 제일 좋을 거야. 네가 점점 나이가 들어 얼굴이 시들면 대군의 은혜와 사랑도 점점 식어 갈 것이니, 그때 상황을 보아 병을 핑계로 오래 누워 있으면 분명히 대군께서 네가 고향으로 돌아가는 것을 허락하실 거야.

그때 가서 진사님과 함께 백년해로하는 것이 최선이야. 이런 생각은 하지 않고 이치에 어긋나는 계획을 세우다니, 네가 정녕 하늘을 속일 수 있겠니?"

김 진사는 일이 틀어졌음을 알고 한숨을 내쉬며 눈물을 머금고 돌아갔습니다.

그렇게 헤어지고 며칠이 지난 어느 날의 일입니다. 안평 대군이 수가 놓인 대청에 앉아 있었는데, 마침 왜철쭉이 활짝 피어 있자, 저희들에게 시 한 수씩 지어 올리라고 하였습니다. 안평 대군이 시를 보고는 크게 칭찬하며 말했습니다.

"너희들의 글이 날마다 나아지고 있어서 매우 기쁘구나. 다만 마음에 걸리는 것이 하나 있다면, 운영의 시에 임을 그리워하는 마음이 나타나 있다는 점이다. 지난번에도 그러했는데, 오늘 쓴 시도 마찬가지구나. 그러고 보니 김 진사의 상량문*에서도 의심스러운 구절이 있었는데…… 혹시 네가 김 진사를 마음에 두고 있는 것은 아니냐?"

저는 곧바로 뜰로 내려가 머리를 조아렸습니다.

"지난번 대군께 의심을 받았을 때, 스스로 목숨을 끊으려고 하였습니다. 하지만 아직 나이가 이십이 되지 못한 데다, 부모님을 뵙지 않고 죽는 것이 너무나 원통하여 지금까지 구차하게 목숨을 이어 왔습니다. 그런데 오늘 다시 의심을 받았습니다. 목숨이 무엇이 아깝겠습니까? 천지의 귀신들이 빽빽하게 늘어서 있고, 서궁의 궁녀들은 한시도 떨어지지 않고 함께 있었는데도 유독 저에게만 이렇듯 더럽고 음란한 누명이 돌아오니, 저는 비로소 죽을 곳을 얻

---

* **상량문** 기둥에 마룻대를 올리는 상량식을 할 때 상량을 축복하는 글.

었나이다."

말을 마친 제가 즉시 비단 수건으로 난간에서 스스로 목을 매자, 자란이 말하였습니다.

"대군께서 이처럼 뛰어나고 지혜로우시어, 죄 없는 시녀를 스스로 죽음으로 나아가게 하시니, 저희들은 앞으로는 붓을 들어 시를 짓지 않겠습니다."

안평 대군은 화가 많이 나신 듯 보였습니다. 하지만 마음속으로는 제가 죽는 것을 원하지 않았는지, 자란 등에게 말하여 저를 구하라고 명하였습니다. 그리하여 저는 가까스로 살아날 수 있었습니다. 안평 대군은 흰 비단 다섯 단을 저희 다섯 사람에게 나누어 주며 말했습니다.

"시가 정말 아름다워 상으로 주노라."

그 후, 김 진사는 궁궐을 출입하지 못하게 되었습니다. 결국 김 진사는 집에 틀어박힌 채 지내다가 병들어 눕게 되었습니다. 흐르는 눈물은 이불을 적셨고, 김 진사의 목숨은 한 가닥 실처럼 금방이라도 끊어질 것 같았습니다. 그때 특이 와서 김 진사를 보고 말했습니다.

"사내대장부가 죽으면 죽는 것이지, 어찌 아녀자처럼 마음 아파하며 천금같이 귀한 몸을 스스로 버리려고 하십니까? 계교를 쓰면

일을 이루는 데 어려움이 없을 것입니다. 인적이 없는 한밤중에 담을 넘어 들어가 솜으로 입을 막고 업어 나오면 됩니다. 누가 나를 쫓아올 수 있겠습니까?"

"그 계획은 위험하다. 진심으로 설득하는 것이 좋겠다."

김 진사가 말하였습니다.

박명한 저 운영은 낭군 앞에 두 번 절하며 아룁니다.

변변치 못한 제가 불행히도 낭군의 마음을 얻어

그리워하고 갈망한 지가 얼마였던가요?

엎드려 바라오니, 낭군께서는 이별 후에 저를 가슴속에 새겨

마음 아파하지 마시고 더욱 학업에 힘써 과거에 급제하십시오.

특이 꾸민
무서운 꾀에 걸려들다

그날 밤, 김 진사가 궁으로 들어왔습니다. 저는 병에 걸려 움직일 수 없었기 때문에 자란에게 맞이하게 하였습니다. 술 석 잔이 오간 뒤, 김 진사에게 편지를 주며 말했습니다.

"이제 다시 뵐 수 없을 듯합니다. 우리의 인연과 백년해로의 약속도 오늘 밤으로 모두 끝이 났습니다. 만약 서방님과 첩을 맺어 준 하늘의 연분이 아직 끊어지지 않았다면 저승에서는 반드시 만날 수 있을 것입니다."

김 진사는 편지를 품속에 넣고는 우두커니 서 있었습니다. 저희 두 사람은 묵묵히 서로를 바라보았습니다. 그러다가 김 진사가 가슴을 치고 눈물을 흘리며 나갔습니다. 자란도 차마 보지 못하고 기둥 뒤에 몸을 숨긴 채 눈물을 떨구었습니다.

집으로 돌아가자마자 김 진사는 편지를 뜯어 읽었습니다.

박명한* 저 운영은 낭군 앞에 두 번 절하며 아룁니다. 변변치 못한 제가 불행히도 낭군의 마음을 얻어 그리워하고 갈망한 지가 얼마였던 가요? 다행히 하룻밤의 즐거움은 이룰 수 있었으나, 바다처럼 깊은 우리의 정은 아직 다 펴지 못하였습니다.

인간 세상의 좋고 기쁜 일에는 반드시 조물주의 시기가 있는 법. 이제 궁녀들이 다 알고, 대군께서 의심하시게 되어, 죽은 뒤에야 끝날 재앙이 눈앞에 닥치게 되었습니다.

엎드려 바라오니, 낭군께서는 이별 후에 저를 가슴속에 새겨 마음 아파하지 마시고 더욱 학업에 힘써 과거에 급제하십시오. 그리하여 높은 벼슬길에 올라 후세에 이름을 드날려 부모님을 명예롭게 하십시오. 저의 의복과 재물은 처분하여 부처님께 공양하시고 지성으로 소원을 빌어 우리의 삼생* 인연이 다음 세상에서 이어질 수 있으면 정말 좋겠습니다.

* **박명하다** 복이 없고 팔자가 사납다.
* **삼생** 전생, 현생, 내생을 통틀어 이르는 말.

김 진사는 편지를 다 읽지도 못하고 기절하여 땅에 쓰러졌습니다. 집안사람들이 급히 김 진사를 구하여 겨우 깨어났을 때, 특이 들어왔습니다.

"진사 어른! 궁녀가 뭐라고 답하였기에 쓰러지신 겁니까?"

김 진사는 다른 말은 하지 않고 다만 이렇게 말했습니다.

"운영의 재물은 잘 지키고 있겠지? 그 재물을 팔아 부처님께 정성껏 바쳐 운영과의 약속을 지킬 것이다."

특은 집으로 돌아가는 길에 혼잣말로 중얼거렸습니다.

"궁녀 운영이 병들어 나오지 못하는군. 그렇다면 그 재물은 하늘이 나에게 준 것이나 다름없어."

특은 남몰래 웃음 지었지만, 아무도 그 속내를 알아채지 못했습니다.

그러던 어느 날, 특은 스스로 옷을 찢고 자기 코를 때려 그 피를 온몸에 칠한 뒤, 머리를 풀어헤친 채 맨발로 달려 들어와 뜰에 엎드려 울면서 말했습니다.

"강도에게 습격을…… 당했사……옵니다."

그러고는 기절한 척하였습니다. 특이 죽으면 재물을 묻은 곳을 알 방법이 없었습니다. 김 진사는 특에게 약을 먹이고 술과 고기를 주며 살리려고 노력하였습니다. 특이 십여 일 만에 자리에서 일어나 말했습니다.

"혼자서 산속을 지키고 있는데, 수많은 도적들이 갑자기 들이닥쳤습니다. 저를 때려죽일 기세였지만 죽을힘을 다하여 도망쳐 겨우 목숨은 건질 수 있었습니다. 그 재물이 아니었다면 어찌 저에게 이런 위험이 닥쳤겠습니까? 아무래도 저는 제명에 못 죽을 것 같습니다."

특은 발로 땅을 구르고 주먹으로 가슴을 치며 통곡하였습니다.

김 진사는 부모님이 알까 두려워서 일단은 좋은 말로 위로하여 돌려보냈지만, 이 모든 것이 특이 꾸민 짓임을 짐작하고 있었습니다. 그리하여 노비 십여 명을 데리고 불시에 특의 집에 들이닥쳤으나, 단지 금팔찌 하나와 중국 운남에서 만든 고급 거울 하나만을 찾아낼 수 있었을 뿐입니다. 김 진사는 이것을 절도의 증거물로 삼아 관가에 고발해 나머지 재물을 찾을까도 생각했습니다. 그러나 그렇게 하자니 그동안의 일이 탄로 날까 봐 두려웠습니다. 특을 죽이고 싶은 마음은 굴뚝같았으나, 힘으로는 이길 수 없기에 애써 참으며 아무 말도 하지 않았습니다.

자신의 죄를 잘 알고 있던 특은 수성궁 담장 밖에서 점을 치는 맹인에게 물었습니다.

"내가 며칠 전 새벽에 이 궁 담장 밖을 지나가고 있었는데, 어떤 사람이 궁궐 서쪽 담을 넘어오더라고. 도적이라 생각하고 크게 소리를 치고 따라갔더니, 그놈이 물건을 버리고 도망치지 뭐야. 나는 물건을 집으로 가져온 뒤, 물건 주인이 나타나기를 기다렸어. 그런데 본래 예의염치가 없는 주인어른이 내가 물건 얻었다는 말을 듣고는 몸소 와서 물건을 찾더라고. 그래서 다른 물건은 없고 단지 팔찌와 거울만 있다고 말씀드렸어. 주인어른은 내 집을 샅샅이 살펴서 결국 두 물건을 찾았으면서도, 욕심이 끝이 없어 이제는 나를 죽이려고 하네. 그래서 도망치려고 하는데, 도망치는 것이 길한가? 흉한가?"

맹인이 답하였습니다.

"길하다."

그러자 곁에서 듣고 있던 사람이 특에게 물었습니다.

"너의 주인은 대체 누구인데 종을 이렇듯 학대하는가?"

"우리 주인어른은 나이는 어리지만 문장이 뛰어나 조만간 과거에 급제할 사람이네. 한데 이처럼 탐욕스러우니 뒷날 조정에서 벼슬을 하게 되면 어떨지 알 수 있겠지?"

이 소문이 퍼져서 수성궁에까지 들어오게 되었고, 누군가가 안평 대군에게 아뢰었습니다. 안평 대군이 크게 화를 내며 남궁의 궁녀들에게 서궁을 수색하게 하였습니다. 저의 의복과 재물이 하나도 없다는 것이 밝혀지자, 안평 대군은 서궁의 다섯 궁녀들을 붙잡아 뜰 가운데 세우고 형벌 기구들을 눈앞에 펼친 다음 엄하게 선포

하였습니다.

"이 다섯 명을 모두 죽여 다른 이들에게 경각심을 심어 주겠다."

그러고는 곤장을 든 사람들에게 명하였습니다.

"곤장 수를 헤아리지 말고 죽을 때까지 매우 쳐라!"

이에 우리 다섯 사람이 말하였습니다.

"한마디 말만 하고 죽기를 원하옵니다."

"무슨 말이냐? 하고 싶은 말을 다 해 보아라."

은섬이 글을 써서 올렸습니다.

남녀가 서로 그리워하는 마음은 음양의 이치에서 나온 것으로, 귀하고 천한 것과 관계없이 사람이라면 누구나 가지고 있습니다. 하온데 저희들은 한번 깊은 궁궐에 갇힌 이후 오직 그림자만을 벗하며 외롭게 지내 왔을 뿐입니다. 꽃을 보고는 눈물을 삼켰고, 맑은 달을 대하고는 슬픔에 넋을 잃었습니다. 쌍쌍이 나는 꾀꼬리에 매화 열매를 던져 둘이 같이 날지 못하게 하기도 하였고, 둥지를 주렴으로 막아 두 마리 제비가 함께 깃들지 못하게 하기도 하였습니다. 부러운 마음과 샘을 견디지 못해서입니다.

저 궁궐의 담을 넘기만 하면 인간 세상의 즐거움을 알 수가 있겠지만, 저희들이 그렇게 하지 않는 것은 힘이 부족하거나 그러고 싶은 마음이 없어서가 아닙니다. 오직 대군의 위엄이 두려운 나머지, 마음을 다잡으며 궁궐 안에서 말라 죽으리라 다짐해서입니다. 그런데 지금 지은 죄도 없이 저희를 죽을 곳으로 밀어 넣으려고 하시니, 저희들은 죽어서도 눈을 감을 수 없을 것 같습니다.

은섬에 이어 비취가 글을 올렸습니다.

대군께서 베풀어 주신 은혜는 산보다 높고 바다보다 깊기에, 저희들은 감사하고 황송한 마음에 오로지 글짓기와 거문고 연주에만 전념했을 뿐입니다. 하온데 씻지 못할 오명이 두루 서궁에 미쳤으니, 사는 것이 죽는 것보다 못하게 되었습니다. 오직 엎드려 바라오니 빨리 죽여 주시옵소서.

자란도 글을 올렸습니다.

오늘의 죄는 따질 수 없을 정도로 큽니다. 이렇게 된 이상 가슴속의 생각을 어찌 감추겠습니까? 저희들은 모두 민간의 천한 여자들로, 아버지가 순임금과 같은 성인이 아니요, 어머니도 순임금의 두 아내인 아황과 여영 같은 정숙한 여인이 아닙니다. 그러니 남녀 간에 서로 그리워하는 마음이 어찌 없겠습니까?
옛날 중국 주나라의 임금 목왕은 서왕모와 만나 놀던 옥으로 된 집을 항상 생각했고, 초나라의 영웅 항우는 우미인을 염려하느라 전쟁의 장막 속에서 눈물을 흘렸다고 합니다. 그런데 왜 대군께서는 운영에게만 사랑하는 마음을 갖지 못하게 하시는지요?

김 진사는 당대의 뛰어난 선비인데, 대군께서 궁 안으로 끌어들이셨고 대군께서 운영에게 벼루를 받들라고 명하셨습니다. 오랫동안 깊은 궁궐에 갇혀 살았던 운영은 가을 달과 봄꽃에 마음 아파하였고, 오동나무 위로 떨어지는 밤비 소리에 자주 애간장을 태웠습니다. 그러다가 한번 멋진 사내를 보고는 마음 아파하고 실성하여 병이 뼛속 깊이 들고 말아, 불로장생의 약이나 뛰어난 의원의 손길로도 효험을 보기가 어렵게 되었습니다.

운영이 하룻밤 사이에 아침 이슬처럼 사라지면, 대군께서 아무리 측은히 여기는 마음이 있었다고 해도 무슨 소용이 있겠습니까? 저의 어리석은 생각으로는 일단 김 진사와 운영을 만나게 하여 두 사람의 맺힌 한을 풀게 해 주시면 어떨까 합니다.

그렇게 하면 대군은 크나큰 복을 쌓으시는 것입니다. 운영이 절개를 지키지 못한 죄는 모두 저에게 있습니다. 저의 이 말은 위로는 대군을 속이지 않고, 아래로는 동료들을 저버리지 않는 것이니, 오늘의 죽음은 죽어서도 영광입니다. 대군께 엎드려 바라오니, 저를 죽이는 대신에 운영의 목숨을 잇게 해 주십시오.

옥녀가 글을 올렸습니다.

제가 이미 서궁에서 영광을 누렸거늘, 서궁의 재앙을 저 혼자 면하려고 하면 되겠습니까? 곤륜산에 불이 나면 옥과 돌이 모두 타는 법입니다. 옳고 그름을 떠나 오늘 죽는 것은 합당한 일입니다.

저도 글을 올렸습니다.

대군의 은혜가 산처럼 높고 바다처럼 깊은데도 정절을 지키지 못한 것이 첫 번째 죄요, 지난날 지은 시 때문에 대군께 의심을 받으면서도 끝내 사실대로 말씀드리지 못한 것이 두 번째 죄이며, 죄 없는 서궁 사람들이 저로 인하여 함께 벌을 받게 된 것이 세 번째 죄입니다. 이렇게 세 가지 큰 죄를 짓고서 무슨 낯으로 살아갈 수 있겠습니까? 혹여 죽음에서 벌을 낮추신다고 해도 저는 마땅히 자결하여 대군의 처분을 기다리겠습니다.

우리의 글을 다 읽은 안평 대군은 특히 자란의 글을 다시 펼쳐 유심히 보았습니다. 그러더니 화난 기색이 조금은 누그러진 듯했습니다.
바로 그때, 소옥이 무릎을 꿇고 울면서 아뢰었습니다.

"지난번에 비단 빨래를 성안 소격서동 쪽으로 가지 말자고 한 것은 저의 의견이었습니다. 그런데 자란이 밤에 남궁에 와서 간절히 요청하기에, 제가 딱하게 여겨 다른 의견을 무시하고 그렇게 해 주었습니다. 운영이 절개를 지키지 못한 죄는 모두 저에게 있습니다. 엎드려 바라오니, 저를 죽이는 대신에 운영의 목숨을 잇게 해 주십시오."

안평 대군의 화는 점점 누그러져, 저만 별당에 가두고 다른 사람들은 모두 풀어 주었습니다.

그날 밤, 저는 비단 수건에 목을 매어 자결하였습니다.

●

부처님이시여!

운영을 환생시켜 주시어 저의 배필이 되게 하사,

다음 생에서는 저희에게 이러한 고통이 없게 해 주시옵소서.

부처님이시여!

노비 특올 죽여 쇠로 된 칼을 씌워서 지옥에 가두어 주시옵소서.

●

운영의
환생을 빌다

　김 진사는 붓을 들고 운영이 매우 자세하게 이야기한 옛일을 기록하고 있었다. 두 사람은 서로 마주 보면서 슬픔을 참지 못하였다. 운영이 김 진사에게 말하였다.

　"이 이후는 낭군께서 말씀하시지요."

　김 진사가 이야기를 시작하였다.

　운영이 자결한 이후 모든 궁 안의 사람들이 마치 아버지와 어머니를 여읜 것처럼 슬퍼하며 통곡하였는데, 그 울음소리가 궁문 밖까지 들렸습니다. 나도 그 소식을 듣고 한참 동안 기절하였습니다. 그러다 날이 저문 후에야 깨어났습니다.

정신을 가다듬고 나서는 이미 모든 일이 끝이 났음을 알고 있었지만, 부처님께 공양을 드려 저승에 있는 혼을 위로하겠다던 약속은 지켜야 한다는 생각이 들었습니다. 이에 금비녀와 거울, 그리고 여러 문방구를 모두 팔아서 쌀 사십 석을 마련하고는 청령사에 올라가 불공을 드리기로 하였습니다. 한데 마땅히 믿고 부릴 만한 하인이 없어서, 다시 특을 불렀습니다.

"내 너의 지난 죄를 모두 용서할 테니, 이제부터 나를 위하여 충심을 다하겠느냐?"

특이 엎드려 울면서 대답하였습니다.

"이 종놈이 사리에 어둡고 둔하오나 목석은 아닙니다. 제가 저지른 잘못은 머리털을 다 뽑아 헤아려도 모자랄 정도로 많습니다. 그런데 이제 용서를 해 주겠다 하시니, 썩은 나무에서 잎이 나고 백골에서 새살이 돋아나는 것 같은 마음입니다. 어찌 감히 진사 어른을 위하여 목숨을 바치지 않겠습니까?"

"운영을 위하여 제사상을 차려 부처님께 공양을 드리면서 소원을 빌고자 하는데 믿고 맡길 사람이 없구나. 네가 가서 할 수 있겠느냐?"

"삼가 분부를 받들겠습니다."

말을 마치고 특은 즉시 청량사로 올라갔습니다. 하지만 삼 일 동안 한가하게 엉덩이를 두드리며 누워 있다가 스님을 불러 말했습니다.

"사십 석의 쌀을 어찌 부처님께 공양드리는 데 다 쓰겠습니까? 술과 고기를 준비하고 세속의 손님들을 널리 초대하여 대접하는 것이 좋겠습니다."

그러면서 특은 청량사 앞을 지나가는 마을 아가씨를 강제로 겁탈하기까지 했습니다. 특이 절에 머문 지 수십 일이 되었습니다. 하지만 공양을 드릴 기미가 전혀 없자 청량사의 스님들이 분노했습니다. 그러다 마침내 공양드릴 날이 되자 여러 스님이 말하였습니다.

"부처님께 공양을 드릴 때는 공양드리는 분이 가장 중요합니다. 그런데 바로 그분이 이렇듯 불결하니 참으로 보기 좋지 않습니다. 맑은 냇물에 목욕하여 몸을 깨끗하게 하고 예를 올리는 것이 좋겠습니다."

특이 어쩔 수 없이 나가서 물로 몸을 대충 씻고 들어와서는 부처님 앞에 무릎을 꿇고 빌었습니다.

"진사는 오늘 빨리 죽고 운영은 내일 다시 살아나서 저의 배필이 되게 해 주시옵소서."

삼 일 밤낮으로 빈 소원은 오직 이 말뿐이었습니다. 그러고는 돌아와 저에게 말했습니다.

"운영 아씨는 반드시 살아날 방도를 얻었을 것입니다. 공양을 드리던 날 밤에 저의 꿈에 나타나 '지성으로 불공을 드려 주니 감사함을 어찌 표현해야 할지 모르겠다'고 말하더니 절하며 울었습니다. 절의 스님들도 모두 같은 꿈을 꾸었다고 합니다."

저는 그 말을 믿었습니다.

시간이 흘러 때마침 과거를 볼 때가 되었습니다. 저는 과거에는 생각이 없었지만 공부를 핑계 삼아 청량사로 올라가서 며칠 머물렀습니다. 그때서야 저는 비로소 특이 무슨 일들을 저질렀는지 자세히 들을 수 있었습니다. 분을 참을 수 없었지만 특을 어찌할 수가 없었습니다. 이에 깨끗이 몸을 씻고 부처님 앞에 나아가 백 번 절한 뒤, 머리를 조아려 향불을 올리고 합장하여 빌었습니다.

"운영이 죽을 때 했던 약속을 차마 저버릴 수가 없어, 노비 특으로 하여금 공양을 드려 명복을 빌도록 하였습니다. 그런데 오늘 특의 행동에 대해 들어 보니 악랄하기 그지없어, 운영이 남긴 소원은 모두 허사가 되고 말았습니다.

이러한 까닭으로 제가 감히 다시 빕니다.

부처님이시여! 운영을 환생시켜 주시어 저의

배필이 되게 하사. 다음 생에서는 저희에게 이러한 고통이 없게 해
주시옵소서.

　부처님이시여! 노비 특을 죽여 쇠로 된 칼을 씌워
서 지옥에 가두어 주시옵소서. 부처님이시여!
이 소원을 들어주시면 운영은 비구니가 되어
12층 금탑을 세우고, 저는 중이 되어 큰 절
세 개를 지어 은혜에 보답하겠나이다."

　빌기를 마친 저는 자리에서 일어나 다시
백 번 절을 올린 뒤 머리를 조아리고 나왔습
니다. 그로부터 7일 후 특은 우물에 빠져 죽었
습니다.

　그 이후로 저는 세상일에 아무런 미련이 없
어, 온몸을 깨끗하게 닦고 새 옷으로 갈아입
은 뒤 조용한 방 안에 누워만 있었습니다.
나흘 동안 아무것도 먹지 않고 지내던 저
는 길게 한 번 탄식을 하고는 마
침내 일어나지 못하였습니다.

●

옛 궁궐의 꽃과 버들은 새로이 봄빛을 띠었는데

천년의 화려함이 잠깐의 꿈이로다.

오늘 저녁 옛 자취를 찾아와 보니

끝없이 슬픈 눈물 흘러 비단 수건을 적신다.

●

수성궁에서
옛일을 생각하다

　김 진사는 여기까지 쓰고는 붓을 던졌다. 김 진사와 운영 두 사람은 서로 마주 보며 하염없이 슬피 울었다. 이에 유영이 위로했다.

　"두 사람이 다시 만났으니 소원이 이루어진 것이고, 원수인 노비 놈도 이미 죽었으니 분도 풀렸을 텐데 어찌하여 이다지도 비통해하십니까? 인간 세상에 다시 태어나지 못하여 한스럽습니까?"

　김 진사가 눈물을 흘리면서 말했다.

　"그런 것이 아닙니다. 사실 저승의 관리가 죄 없는 저희를 불쌍히 여겨 인간 세상에 다시 태어나게 해 주려고 하였습니다. 하나 땅 밑 저승 세계의 즐거움도 인간 세상보다 덜하지 않은데 하물며 천상 세계의 즐거움이야 어떻겠습니까? 그래서 저희는 세상에 다

시 태어나기를 원하지 않았습니다. 다만 오늘 저녁에 저희가 슬퍼하는 것은 대군께서 한번 몰락한 이후로, 수성궁에는 까마귀와 참새 떼만이 울어 댈 뿐 인적이 끊어졌기 때문입니다. 임진왜란을 겪은 뒤에 화려한 궁궐의 집들은 재가 되었고, 담장은 모두 무너졌는데, 오직 섬돌의 꽃만은 여전히 향기롭고 뜰 앞의 풀들도 무성히 자랐습니다. 봄날의 풍경은 옛날과 다르지 않은데, 사람의 일만 어찌 이렇게 바뀌는 것인지요? 이곳 수성궁에 다시 와서 옛날을 생각하니 어찌 슬프지 않겠습니까?"

"그럼 그대들은 모두 천상의 사람이 되었단 말입니까?"

김 진사가 말했다.

"우리 두 사람은 원래 하늘의 신선으로 오랫동안 옥황상제를 모셨습니다. 어느 날, 옥황상제께서 태청궁에 납시어 저에게 동산에서 과일을 따 오라고 명하셨습니다. 저는 천상의 과일을 많이 따서 사사로이 운영에게 주었다가 발각되고 말았습니다. 옥황상제께서는 그 죄를 물어 우리 두 사람을 인간 세계로 귀양을 보내 그곳의 고통을 두루 겪게 하는 벌을 내리셨습니다. 지금은 옥황상제께서 죄를 용서해 주셨을 뿐만 아니라 삼청궁으로 불러올리시어 곁에서 시중을 들게 하셨습니다. 그래서 가끔 회오리바람을 타고 예전에 인간 세계에서 노닐던 곳을 다시 찾아볼 뿐입니다."

말을 마치고 눈물을 흩뿌리더니 유영의 손을 잡으며 말하였다.

"바닷물이 마르고 바위가 썩어 문드러져도 이 사랑의 마음은 사라지지 않을 것이요, 땅이 없어지고 하늘이 무너져도 이 한스러움은 없어지지 않을 것입니다. 오늘 저녁에 선비님을 만나 이렇듯 진실한 이야기를 나누게 된 것은 분명 전생의 인연이 있었기 때문일 것이옵니다. 엎드려 바라오니, 존경하는 선비님께서 부디 이 글을 거두어 세상에 전하되, 경박한 무리들의 입에 함부로 전해져 우스갯거리가 되지 않게 해 주십시오. 그러면 더 바랄 것이 없겠나이다."

술에 취한 김 진사는 운영의 몸에 기대어 시 한 수를 읊었다.

꽃이 진 궁중에 제비와 참새가 날아

봄 풍경은 예와 같은데 주인은 없구나.
밤하늘의 달빛이 무척이나 서늘하지만
아직 비취 깃털 옷에는 푸른 이슬이 맺히지 않는다.

운영도 이어서 시 한 수를 읊었다.

옛 궁궐의 꽃과 버들은 새로이 봄빛을 띠었는데
천년의 화려함이 잠깐의 꿈이로다.
오늘 저녁 옛 자취를 찾아와 보니
끝없이 슬픈 눈물 흘러 비단 수건을 적신다.

유영도 그만 취하여 잠깐 잠이 들었다. 얼마 뒤 산새 우는 소리에 깨어나 보니 구름과 안개가 온 세상에 가득한 가운데 새벽빛이 어스름하게 비치고 있었다. 주위를 살폈으나 사방에 아무도 보이지 않고 다만 김 진사가 기록한 책 한 권만이 있었다. 유영은 마음이 아프지만 하릴없이 책을 소매에 넣고 돌아왔다. 유영은 책을 대나무 상자 속에 숨겨 두었다가 때때로 열어 보곤 했는데, 그때마다 망연자실하여 먹지도 자지도 않았다.
그 뒤 유영은 좋은 산을 두루 돌아다녔는데, 그가 끝내 어떻게 되었는지는 모른다고 한다.

운 영 전

물음표로
따라가는
인문학 교실

고전으로 인문학 하기

고전을 읽으며 생겨나는 여러 질문에 답하며,
배경지식을 얻고 인문학적 감수성을 키워요.

고전으로 토론하기

고전을 다양한 시각으로 바라보며,
다르게 생각하는 힘을 길러요.

고전과 함께 읽기

함께 소개하는 다양한 작품을 통해,
인문학적 사고의 폭을 넓혀요.

고전으로 인문학 하기

●《운영전》의 안평 대군은 실존 인물인가?

《운영전》은 '소설'이에요. 소설은 꾸며 낸 이야기
이니 유영이니 운영, 김 진사가 실존 인물이 아니라
는 사실은 쉽게 예상할 수 있지요. 그런데 특이
하게도 안평 대군에 대해서는 꽤 구체적인 설
명이 나와서, 실제로 있었던 인물인지 헷갈립
니다. 소설을 살펴볼까요?

세종 대왕과 왕비인 소헌 왕후 사이에 둔 여덟
왕자 가운데 가장 영리하고 뛰어난 사람은 안평
대군이었습니다.

······중간 생략······

안평 대군은 유학을 공부하는 것을 자신의 임무로 여기며, 밤이면 책을 읽고 낮이면 시를 짓거나 글씨를 연습하였습니다. 단 한순간도 헛되이 보낸 적이 없습니다. •25쪽 중에서

소설에 따르면 안평 대군이 세종 대왕의 아들이라는군요. 그러면 안평 대군이 정말 실존 인물인지 사전을 한번 찾아봐요.

조선 세종의 셋째 아들(1418~1453년). 이름은 용(瑢). 호는 비해당·낭간거사·매죽헌. 수양 대군의 세력과 맞서다가 계유정난 때 사약을 받고 죽었다. 시문과 글씨에 뛰어났다.

《운영전》의 안평 대군은 실존 인물이군요! 사전에 나온 것처럼 안평 대군의 이름은 '이용'이고, 세종 대왕의 셋째 아들이에요.

내친김에 안평 대군과 관련이 깊은 그림 하나를 소개할게요. 화가 안견이 그린 유명한 작품 〈몽유도원도〉입니다. 1447년에 안평 대군은 아름다운 무릉도원에 다녀온 꿈을 꾸었습니다. 그는 얼른 화가 안견에게 꿈 이야기를 그림으로 그리게 했지요.

〈몽유도원도〉에는 성삼문, 신숙주, 김종서 등 당시 내로라하는 문인 20여 명이 그림에 대해 쓴 글이 함께 실려 있어요.

그러고 보니 《운영전》에도 성삼문의 이름이 언급되어 있지요?

▲ 영화 〈관상〉의 포스터. 수양 대군 (뒷날 세조)과 김종서의 갈등. 그들의 싸움에 휘말리는 보통 사람들의 이야기를 그린 영화이다.

소설에서 안평 대군이 성삼문과 함께 시에 대해 토론하는 부분은 실제 안평 대군의 삶을 어느 정도 반영했다고 볼 수 있지요.

안평 대군은 왕자로서 권세 있는 삶을 살다가, 둘째 형인 수양 대군과 대립하면서 위기에 처해요. 호시탐탐 왕위를 노리고 있던 수양 대군은 안평 대군에게 왕위를 탐냈다는 죄목을 씌워 강화도로 유배를 보냅니다. 곧 안평 대군에게는 독약이 내려졌지요. 이때 김종서, 황보인과 같이 나라를 쥐락펴락하던 문신들도 수양 대군 일파에게 살해당했어요. 이를 역사에서는 '계유정난(癸酉靖難)'이라고 부릅니다.

▲ 안견 〈**몽유도원도**〉 현재 일본 덴리 대학교가 소장하고 있다.

이후 수양 대군은 조카인 조선의 제6대 임금 단종을 몰아내고, 제7대 임금 세조가 됩니다.

● 정말 수성궁이 있었을까?

안평 대군이 실존 인물이라면 《운영전》에서 그가 머물렀다는 수성궁도 정말 있었을까요? 소설에서는 수성궁에 대해 이렇게 서술해요.

· 한양 서쪽 인왕산 아래에는 안평 대군이 살던 수성궁이 있다.
· 안평 대군은 열세 살 되던 해에 대궐을 나가 자기의 궁인 수성궁에서 지냈습니다.
· (안평 대군은) 곧바로 도성 밖에서 공부할 요량으로 십여 칸의 집을 짓고는 비해당이라고 하였습니다.

소설에 따르면 안평 대군은 수성궁에 살고 있으며, 나중에 비해당을 따로 지었다고 했지요. 하지만 기록을 아무리 들춰 봐도 안평 대군이 수성궁에서 살았다는 내용은 찾아볼 수 없습니다. 실제 기록에는 그가 비해당에서 지냈다고 적혀 있습니다. 또 비해당이라는 이름은 세종 대왕이 직접 내려 주었다고 쓰여 있지요.

이번에는《조선왕조실록》에 실린 기록들을 살펴봅시다.

· 이용(안평 대군)의 큰 집(비해당)을 문종 대왕의 후궁에게 내려 주었다.
　－ 단종 1년(1453년)
· 문종 대왕 후궁의 거처를 수성궁이라고 하였다. － 단종 2년(1454년)

　글에 따르면 계유정난이 일어나 안평 대군이 죽임을 당한 뒤에, 그가 살던 집을 비롯하여 재산이 모두 나라에 몰수되었던 것으로 보입니다. 이제 문종 대왕의 후궁이 비해당에 머물게 된 것이지요.
　그런데 단종 2년의 기록을 보세요. 문종 대왕 후궁의 거처를 '수성궁'이라고 부른답니다. 이 기록을 통해 '비해당'과 '수성궁'이 같은 장소임을 알 수 있습니다. 안평 대군이 죽고 나서 비해당의 이름이 수성궁으로 바뀌었을 뿐이지요.
　그럼 왜《운영전》의 작가는 수성궁과 비해당을 각각 다른 장소인 것처럼 표현했을까요? 혹시 작가가 잘 몰라서 헷갈렸던 것일까요? 하지만《운영전》이라는 뛰어난 작품을 써낸 작가가 그 시대의 기본적인 상식을 몰랐다고 보기는 어려워요.
　그보다 작가는 일부러 소설 속에서 안평 대군이 애초에 수성궁에 살았던 것으로 그려 냈을 가능성이 높습니다. 의도적으로 안평 대군의 거처를 궁궐로 설정한 것이지요. 왜 그렇게 한 것이냐고요?
　여러분이 슬픈 사랑 이야기를 만든다고 생각해 봐요. 어떨 때

이야기가 더욱 슬퍼지나요? 나의 힘으로는 어찌할 수 없는 벽, 금기에 부딪혔을 때 사랑은 더욱 절실해집니다. 《운영전》의 작가도 이 점을 잘 알고 있었어요. 그래서 운영을 궁녀로 설정한 거예요. 궁궐은 함부로 드나들 수 없는 공간이고, 자유가 없는 곳이에요. 당연히 궁궐에 사는 운영에게도 자유가 없지요. 이런 상황이라면 운영의 사랑도 비극적일 수밖에 없을 거예요.

그런데 '비해당'의 '당(堂)'은 '집 당'이고 '수성궁'의 '궁(宮)'은 '대궐 궁'이에요. 집과 대궐, 두 단어가 주는 느낌은 확연히 달라요. 대궐은 법도가 엄격하고 아무나 들어갈 수 없는 곳이니까요. 작가는 《운영전》을 더욱 비극적인 이야기로 만들기 위해 수성궁이라는 이름을 선택했던 것이지요.

하나 더, 비해당은 실제로 어디에 있었을까요? 중종 때 쓰인 지리서 《신증동국여지승람》에서는 인왕산 기슭 골짜기의 깊숙한 곳에 있었다고 하고, 역시 중종 때 쓰인 《한경지략》이라는 책에서는 인왕산 기슭 수성동에 있었다고 합니다.

● 왜 궁녀는 자유롭지 못할까?

궁녀는 원래 왕족을 제외한, 궁궐에 있는 모든 여인을 말해요. 넓은 의미에서는 궁궐에서 막일을 하는 무수리도 궁녀지요. 그러나 보통 '궁녀'라는 말은 상궁 이하 일정한 직책을 가진 사람들을 가리킬 때 쓰여요. 궁녀는 왕에게만 소속된 것이 아니고, 왕, 왕비, 대비, 세자, 세자빈, 후궁 등에게 개별적으로 소속되어 있었지요.

드라마를 보면 '아무개 상궁' 하고 궁녀를 부르는 장면이 나오지요. 그런데 아무나 상궁이 될 수 있는 것은 아니에요. 적어도 궐에 들어온 지 30년은 되어야 상궁의 자리에 오를 수 있답니다. 일단 궁녀가 되려는 이들은 10세 전후로 궁궐에 들어와야 해요. 어린 궁녀를 '견습 나인' 혹은 '생각시'라고 하지요. 이들은 궐에 머무르면서 여러 훈련을 받아요. 그렇게 15년이 지나면 정식 나인이 돼요. 정식 나인이 된 뒤에도 15년은 지나야 비로소 상궁의 자리에

오를 수 있답니다.

커다란 궁에는 할 일이 참 많습니다. 궁녀는 궁궐 사람들이 입을 의복을 만들고, 수를 놓고, 식사를 만들고, 빨래를 하는 등 수많은 일들을 해요. 그중에서도 왕이 머무르는 내전에서 일하는 지밀상궁은 매우 큰 역할을 맡아요. 왕과 왕비를 가까이에서 모시면서 내의원(왕의 약을 조제하던 부서)이나 내시부와도 교류하고, 궁중의 크고 작은 일들을 관리하지요. 그러다 보니 지밀상궁이 큰 권력을 갖게 된 경우도 많답니다.

궁녀는 이렇게 다양한 일을 맡아보며 다달이 월급을 받았답니다. 각자의 분야에서 일하는 이들이야말로 조선 시대의 '여성 공무원'이라고 할 수 있지요.*

하지만 궁녀는 어느 정도 안정적인 생활을 보장받는 대신에 자유를 포기해야 했어요. 일단 한번 궁궐에 들어오면 평생을 궁궐에서 지내야 했지요. 또한 궁녀들은 임금의 여자로 인정되어 어떤 남성과도 함께 살 수 없었어요. 임금의 눈에 띄어 후궁이 되는 것은 대단한 행운이었고, 대부분은 처녀의 몸으로 늙어 죽었지요.

궁녀가 궐 밖을 나갈 수 있는 경우도 있기는 했어요. 나라에 큰 가뭄이 들었을 때, 궁녀가 큰 병에 들었을 때, 모시고 있는 상전이

* 궁녀는 종9품부터 정5품의 자리에 이를 수 있었다. 총 18등급으로 이루어진 조선 시대 신하들의 품계에서 종9품이면 맨 마지막 단계이고, 정5품이면 위에서 9번째 등급이다.

세상을 떠났을 때가 그런 경우지요. 하지만 이런 일이 흔치는 않았답니다.

"지금 우리는 새장 속의 새처럼 궁중에 꼼짝없이 갇혀서, 노란 꾀꼬리의 울음소리를 들으면 탄식하고 푸른 버들을 대하면 한숨지으며 살고 있지."

《운영전》에서 자란은 이렇게 이야기했지요. 이제 자란의 말이 더욱 와닿지 않나요?

● 《운영전》에는 왜 그렇게 많은 시가 나올까?

《운영전》을 펼쳐 봐요. 여기에는 수십 편의 시가 담겨 있답니다. 원래 한문으로 기록된 책이기에 작품에 니오는 시는 모두 한시(漢詩)지요.

한시를 이야기할 때면 '오언절구'니 '칠언율시'니 하는 용어들이 나오는데요, 이게 다 무슨 말일까요? 한시는 일반적으로 한 행이 한자 다섯 글자로 된 오언시(五言詩)와 일곱 글자로 된 칠언시(七言詩)로 나눌 수 있습니다. 그리고 4행으로 된 것은 절구(絶句), 8행으로 된 것은 율시(律詩)지요. 그러니 '오언절구'라 하면 다섯 자로 된 행이 네 개 있는 시를 가리키고, '칠언율시'의 경우는 일곱 자로 된 행이 8개 있는 시를 말합니다. 《운영전》에는 절구와 율시 등이 다양하게 나오지요.

한시의 반은 이해한 것 같은 뿌듯한 기분이 들지 않나요? 이참에 《운영전》에 나오는 시 하나를 감상해 봅시다. 오언율시를 한글로 풀이해 놓은 것이랍니다.

布衣革帶士 (포의혁대사)	무명옷에 가죽띠를 한 선비님
玉貌如神仙 (옥모여신선)	옥같이 고운 모습 신선과 같네요.
每向簾間望 (매향염간망)	매번 주렴 사이로 바라만 보고 있으니
何無月下緣 (하무월하연)	우리 인연은 언제나 맺어질까요?
洗顏淚作水 (세안누작수)	얼굴을 씻을 때 눈물은 물을 이루고
彈琴恨鳴絃 (탄금한명현)	거문고 탈 때 깊은 한은 줄을 울립니다.
無限胸中怨 (무한흉중원)	끝없는 가슴속 원망을
擡頭獨訴天 (대두독소천)	고개 들어 하늘에 하소연해 봅니다.

운영이 김 진사에게 주려고 지은 시입니다. 궐에 갇혀서 자신의 뜻을 전하지도 못하는 애끊는 마음이 잘 담겨 있지요. 안타깝고 아련한 감정이 뚝뚝 묻어 떨어지는 것이 느껴지나요? 만남을 간절히 바라는 여인의 심정이 이보다 절절할 수 있을까요?

그런데 이렇게 사건이 진행되는 중간중간에 끼어드는 시는 오늘날의 사랑 노래를 떠올리게 합니다. 여러분이 좋아하는 유행가를 떠올려 봐요. 대중가요 중에서는 사랑의 기쁨과 이별의 아픔을 주제로 한 것들이 많지요. 대중가요가 사람의 마음을 울리듯《운영전》의 많은 시들도 마찬가지입니다. 시는 더욱 절실한 감정을 고스란히 느끼게 해 주지요. 이제《운영전》에 왜 유독 시가 많은지 알겠지요?

　이처럼 이야기와 시가 함께 있는 것은 전기 소설(傳奇小說)의 특징 중 하나랍니다. 전기 소설은 '기이함을 담고 있는 소설'이라는 뜻으로, 김시습의《금오신화》와 작자 미상의《금방울전》을 비롯한 작품들이 대부분 여기에 속해요. 전기 소설의 배경은 보통 용궁, 신선이 사는 곳, 천상 세계인 경우가 많아요. 이렇듯 비현실적인 세계를 배경으로 하여, 남녀 간의 사랑이나 사회 문제 같은 현실적인 문제를 다루지요.

《운영전》은 뭐가 기이하냐고요? 살아 있는 유영이 죽은 운영, 김 진사와 만나 대화를 나눈다는 자체가 비현실적이에요. 도무지 믿을 수 없는 기이한 이야기 안에는 믿고 싶은 진실이 담겨 있습니다. 진실하고 간절한 사랑이 바로 그것이지요.

● 어디까지가 꿈이고 어디서부터 현실일까?

《운영전》의 작가는 살아 있는 유영과 죽은 운영, 김 진사를 만나게 하기 위해 '꿈'이라는 장치를 이용합니다. 이런 의미에서 《운영전》을 《수성궁몽유록》이라고도 합니다. 꿈속 수성궁에서 있었던 일을 기록하였다는 뜻이랍니다.

그런데 여러분은 《운영전》에서 어느 부분이 꿈이고 어느 부분이 현실인지 명확히 구분할 수 있나요?

① 유영은 허리춤에 차고 있던 술을 풀어 모두 마시고는 취하여 바위 위에서 돌을 베고 누웠다. 얼마나 지났을까? 유영은 술에서 깨어나 고개를 들어 사방을 죽 둘러보았다.   • 17∼18쪽 중에서

② 유영도 그만 취하여 잠깐 잠이 들었다. 얼마 뒤 산새 우는 소리에 깨어나 보니 구름과 안개가 온 세상에 가득한 가운데 새벽빛이 어스름하게 비치고 있었다. •121쪽 중에서

①은 이야기의 첫 부분이에요. 유영은 바위 위에서 돌을 베고 잠듭니다. 그러다 다시 술에서 깨어나 운영과 김 진사를 만나지요. 그런데 이야기의 마지막 부분인 ②를 보면 유영은 산새 우는 소리에 깨어났다고 합니다. 자, 이렇게 두 대목을 놓고 보니 어디가 꿈이고 어디가 현실인지 더 헷갈리지요? 마치 할리우드 영화 〈인셉션〉처럼 말이에요. 이 영화의 주인공 돔 코브(레오나르도 디카프리오)는 드림머신이라는 기계를 통해 다른 이의 꿈속에 들어가서 생각을 훔칩니다. 돔 코브는 또다시 꿈속의 꿈, 또 그 꿈속의 꿈으로 들어가지요. 이렇듯 복잡한 이야기 전개에 관객들은 '도대체 어디까지 현실이지?' 하고 고민하게 됩니다.

그럼 《운영전》은 어떨까요? 헷갈리는 여러분을 위해서 정리해 볼게요. ①에서 돌을 베고 누운 뒤로는

▲ 크리스토퍼 놀란 감독의 영화 〈인셉션〉의 포스터.

꿈. ②에서 산새 우는 소리에 깨어난 뒤로는 현실이라고 추측할 수 있어요.

잠깐, 왜 ①에서도 술에서 깨어났는데 그 뒤로는 현실이 아닐까요? 꿈을 다룬 우리나라의 많은 소설들을 살펴보면 주인공들은 대부분 외부의 요인, 예를 들어 천둥소리나 닭의 울음소리, 종소리 등을 듣고 깨어납니다. 《운영전》을 보면 ①에서는 유영 스스로 깨어났지만 ②에서는 외부의 요인인 산새 우는 소리에 의해 깨어났잖아요. 그러니 산새 우는 소리에 깨어난 뒤로는 현실로 돌아왔다고 생각할 수 있는 것이랍니다. 소설 속에서 작가가 심어 놓은 장치들을 예사롭게 넘겨서는 안 되지요.

고전으로 토론하기

● 《운영전》은 단지 '슬픈 사랑 소설'일 뿐인가?

생각 주제 열기

여러분은 《운영전》이 어떤 주제를 담고 있다고 생각하나요? 이 소설은 안평 대군이라는 거대한 존재가 살고 있는 수성궁을 배경으로, 궁녀 운영과 김 진사의 이루지 못한 사랑을 다루고 있어요. 죽음으로 끝난 두 사람의 이야기는 비극처럼 보이지요.

그런데 《운영전》은 정말 단순히 '이루지 못한 사랑 이야기'에 그치는 것일까요? 이야기를 더 깊이 들여다보면 안에 숨어 있는 더욱 큰 의미를 찾아낼 수도 있지 않을까요? 운영과 김 진사, 유영의 가상 대화를 통해 소설에 숨은 뜻을 찾아봅시다.

운영과 김 진사는 불행한가?

나 엠 씨 아르볼TV 〈고전을 말하다〉의 나 엠씨입니다. 오늘은《운영전》의 등장인물인 운영과 김 진사, 유영을 모셨습니다. 먼저 자기소개 부탁드립니다.

김 진 사 안녕하세요. 옥황상제께 특별히 휴가를 얻어서 왔습니다.

운 영 안녕하세요. 하늘나라에서 김 진사의 아내로 행복하게 살고 있는 운영입니다. 유영 님도 정말 오래간만에 뵙네요.

유 영 정말 반갑습니다.《운영전》에 관해 특별히 하고 싶은 말이 있어서 이렇게 찾아왔습니다.

나 엠 씨 이렇게 나와 주셔서 감사합니다. 그런데 유영 님은 유독 하고 싶은 말이 많아 보이는군요.

유 영 많은 사람들이 저를 이상한 눈으로 보더라고요. 두 사람의 사랑 이야기를 듣고 홀연히 산으로 떠나 버린 게 도무지 이해가 안 간다는 겁니다. 심지어 그렇게 두 사람의 사랑에 몰입했냐며 비아냥거리는 사람들도 있더라고요. 오늘 그 이유를 밝히고자 합니다.

나 엠 씨 기대됩니다! 유영 님의 이야기는 나중에 자세히 듣기로 하고, 먼저 김 진사와 운영 님에게 묻겠습니다. 지금 두 분은 행복하십니까?

김 진 사 행복합니다. 이제 더 이상 바랄 게 없지요.

나 엠 씨 그런데 《운영전》을 읽은 사람들은 둘의 사랑이 비극이라고 말합니다. 셰익스피어의 희곡 《로미오와 줄리엣》처럼 말이에요.

운 영 그들은 슬픈 사랑을 했고, 죽음을 맞았지요. 둘의 사랑은 참으로 비극적이에요. 하지만 저희들은 이렇듯 하늘나라에서 사랑을 이루었어요. 《운영전》에도 다시 만나 행복한 저희 둘의 모습이 그려져 있지요. 그러니 무조건 비극이라고 단정하지는 말아 주세요.

누가 사랑을 가로막았는가?

나 엠 씨 그런데 두 분은 결국 안평 대군 때문에 죽음에 이르게 된 건가요?

김 진 사 글쎄요. 안평 대군께서 저와 운영의 관계를 안 뒤 어떻게 하셨는지 아십니까?

나 엠 씨 운영 님을 비롯한 궁녀들에게 곤장을 치려고 하다가, 마지막에는……

김 진 사 노여움을 푸셨지요. 운영을 별당에 가두기는 했지만 그뿐이었어요. 한 번이라도 궁궐 밖을 나가면 죽어 마땅하다고 했던 안평 대군의 이전 말씀에 비하면 벌이 매우 약하지요.

운 영 죽음은 사람들 앞에 면목이 없었던 저의 선택이에요. 저 때문에 많은 이들이 곤란에 처했으니까요. 안평 대군께서 저를 죽음으로 몰아가신 것은 아니에요.

유 영 이쯤에서 제가 세상을 등진 이유를 말씀드려도 될까요?

나 엠 씨 잠깐만요! 두 분의 죽음에 대해 조금 더 이야기를 나누고 싶습니다.

김 진 사 애초에 저희를 만나게 해 준 사람이 안평 대군입니다. 그 후, 안평 대군께서는 시를 통해 저희 관계를 눈치챘음에도 눈감아 주셨지요.

나 엠 씨 그러면 무엇이 문제였
을까요?

김 진 사 특이 낸 소문입니다.

나 엠 씨 소문이요?

김 진 사 그렇습니다. 소문은
안평 대군이 아는 데서 그치
지 않고 널리 다른 이들에게까지
퍼질 테니까요.

나 엠 씨 그러니까 특이 소문만 내지 않았다
면 이렇게까지 되지는 않았을 것이라는 말씀이죠?

김 진 사 네. 특은 우리 죽음에 직접적인 원인을 제공한 놈입니다.
아! 놈이라는 표현을 써서 죄송합니다. 너무 화가 나서……. 그래
도 제 마음을 이해하시리라 믿습니다. 오죽하면 제가 부처님께 특
을 지옥에 가둬 달라고 빌었겠습니까?

나 엠 씨 이해합니다.

유 영 특은 둘을 이어 주는 척 선심을 쓰다가 재물과 운영 님의 미
모 앞에서 본색을 드러냈습니다. 심지어 운영 님의 명복을 빌어 줄
돈까지도 가로채려고 했으니 정말 나쁜 사람이지요.

나 엠 씨 말을 듣고 보니 모든 악행은 특이 저지른 것 같네요. 또한

작가는 애초부터 안평 대군을 나쁘게 그리지 않으려고 했던 것 같다는 생각도 들고요.

유 영 안평 대군은 살아생전에 많은 문인들과 교류한 사람이었습니다. 그러니 작가가 그를 마냥 나쁘게 그릴 리 없지요.

나 엠 씨 달리 보면 작가는 안평 대군으로 대표되는 기존 권위와 질서에는 되도록 맞서지 않으려고 했던 것 같습니다. 소설에 개혁적이고 급진적인 주제를 담기보다는 다른 이야기를 하고 싶었던 건 아닐까요?

못 이룬 사랑에도 의미가 있을까?

나 엠 씨 이제 유영 님 이야기를 듣겠습니다. 유영 님께서는 두 분의 슬픈 사랑에 유독 마음 아파하셨지요?

유 영 처음에는 그랬지요. 하지만 둘은 하늘나라에서 사랑을 이뤘으니 다행 아닌가요?

나 엠 씨 그럼 유영 님께서는 둘의 이야기를 듣고 너무 슬퍼서 세상을 등진 것이 아니네요?

유 영 제가 뭐라고 남의 사랑 때문에 먹지도 자지도 않겠습니까? 사실 전 운영 님이 지은 시를 듣고 나서 참 쓸쓸한 기분이 들었습니다. 기이해 보이는 저의 행동은 이와 관련이 있답니다.

나 엠 씨 어떤 시요?

운영 옛 궁궐의 꽃과 버들은 새로이 봄빛을 띠었는데

천년의 화려함이 잠깐의 꿈이로다.

오늘 저녁 옛 자취를 찾아와 보니

끝없이 슬픈 눈물 흘러 비단 수건을 적신다.

유영 님께서는 이 시를 말씀하시는 거예요.

유영 맞습니다. 시를 읽으니 인생이란 무엇인지 참 허무한 마음이
들더라고요.

나 엠 씨 허무함이요?

유 영　네. 저는 처음에 두 사람을 만났을 때 안평 대군의 한창때가 어떠했는지 물었습니다. 권세를 누리던 사람의 모습이 궁금했던 것이지요. 하지만 지금 안평 대군을 상징하던 수성궁은 무너져 잡초만 무성할 뿐입니다. 살아생전의 부귀영화와 권세가 다 무어란 말입니까?

나 엠 씨　하지만 유영 님께서도 그런 걸 신경 쓰지 않았나요? 처음에 남루한 옷차림 때문에 수성궁에 가기를 주저했고, 수성궁에 가서도 사람들의 비웃음을 살까 봐 혼자 후원으로 가셨잖아요.

유 영　그때는 가진 것 없는 내 모습이 초라해 보였어요. 하지만 둘의 사랑 이야기를 듣고는 생각이 바뀌었습니다.

나 엠 씨　어떻게 바뀌었나요?

유 영　부귀영화를 누리던 안평 대군은 결국 몰락했어요. 시에 쓰인 대로 천년의 화려함이 잠깐의 꿈과 같았죠. 하지만 운영 님과 김 진사는 죽어서 행복한 사랑을 이루었어요. 저는 인생에서 가장 중요한 것이 무엇인지 고민해 보게 되었습니다.

나 엠 씨　결론을 내리셨나요?

유 영　그럼요. 인생 뭐 있습니까? 내가 하고 싶은 것을 하면서 살고, 그에 대한 책임을 지면 되는 것이지요. 설사 비극으로 끝난다 하더라도 뭐 어떻습니까. 내가 행복했다면 충분히 의미가 있는 삶이지요. 그렇지 않나요? 운영 님과 김 진사가 두려움 때문에 사랑을 시작하지 않았다면 과연 그들의 인생에서 진정으로 행복한 순간이 잠시나마 왔을까요?

나 엠 씨 아아, 이해할 것 같습니다.

유 영 현세에서 부귀영화를 누린들 무엇하겠는가? 출세를 위해 죽어라 살아가야 하는 이유는 또 뭔가? 죽음 저편에는 또 다른 삶이 있지 않을까? 저는 김 진사와 운영 님이 전해 준 책을 읽을 때마다 그런 생각을 했습니다. 그러다 나름 깨달은 바가 있어서 평범한 삶을 버리고 떠돌아다닌 겁니다.

김 진 사 저도 우리의 사랑 이야기에 대해 드리고 싶은 말이 있습니다.

나 엠 씨 말씀하세요.

김 진 사 저는 유영 님에게 저희 이야기를 담은 글을 전하면서 '경박한 무리들의 우스갯거리가 되지 않게 해 달라'고 말했습니다. 사람들은 다른 사람의 사랑을 너무나 쉽게 이야기합니다. 궁녀와 놀아났다는 둥, 그래서 죽었다는 둥 아무렇게나 떠들고 다니지요. 저희의 고뇌와 슬픔에는 전혀 관심이 없어 보여요. 부디 저희의 사랑이 어떤 의미를 갖는지를 살펴봐 주십시오.

운 영 그런 의미에서 유영 님께 감사해요. 저희 이야기에 진심으로 귀 기울여 주셨으니까요.

나 엠 씨 여러분의 말씀 잘 들었습니다. 세 분은 《운영전》이 단순한 사랑 이야기에 그치지 않고, 인생에 대한 심오한 의미를 갖고 있는 소설이라고 생각하시는군요. 정말 유익한 시간이었습니다. 귀한 시간을 내 주셔서 다시 한번 감사드립니다.

운영과 김 진사는 부귀영화를 중요하게 생각하지 않았어요. 그들은 일생에서 사랑을 가장 중요하게 여겼고, 그 사랑을 굳건히 지켰어요. 둘이 사랑을 나누는 순간만큼은 누구보다도 행복했으며, 그들은 죽어서 사랑을 이루었습니다. 그렇다면 여러분의 삶에서 가장 중요한 것은 무엇인가요? 그것을 지키기 위해 어떤 노력을 하고 있나요? 어쩌면 유영은 우리에게 이런 질문을 던지고 있는지도 모릅니다.

고전과 함께 읽기

《운영전》과 함께 보면 좋은 영화나 책 등을 소개합니다. 다양한 작품을 통해 고전 이해의 폭을 넓히고 재미를 느껴 보길 바랍니다.

📖 고전 《영영전》 궁녀와의 사랑도 성공할 수 있다!

《운영전》에서 궁녀 운영은 이승에서 사랑을 이루지 못해요. 둘의 슬픈 사랑이 눈물을 자아내지요.

그런데 궁녀와의 사랑에 성공한 내용의 소설은 없을까요? 다행히 있습니다. 작자 미상의 《영영전》이랍니다. 성균관 유생인 김생이 이 소설의 남자 주인공인데요, 당시 성균관에 입학하려면 소과인 생원진사시에 합격해야 했어요. 그러니까 김생은 《운영전》의 주인공인 김 진사와 인물 설정이 비슷하지요.

김생은 어느 날 우연히 한 여인을 보고 잠 못 들 정도로 사랑에 빠집니다. 하인 막동이 알아본 결과 그녀의 이름은 영영이었습니다.(그러고 보니 영영도 운영과 이름이 비슷하네요.) 알고 보니 영영은 회산군*의 궁녀였지요. 회산군은 장차 영영을 후궁으로 삼을 생각까지 하고 있었어요. 그러나 김생과 영영 두 사람은 기어이 금지된 사랑에 빠져들고 맙니다.

이달 보름에 회산군께서는 여러 왕자들과 달맞이 놀이를 약속했으니, 밤이 늦어서야 돌아올 것입니다. 또한 마침 궁궐의 담장이 비바람에 무너졌는데도 회산군께서 아직 수리하지 않으셨으니, 어두움을 틈타 무너진 담장을 통해 들어오십시오.

대담하게도 영영은 김생을 궁궐로 들입니다. 하지만 거기까지였습니다. 만남의 기쁨은 잠시, 기나긴 이별이 계속됩니다. 야속한 세월은 그렇게 흘러 3년이 지나고, 김생은 과거에 급제합니다.

영영과 김생이 다시 만난 것은 김생의 과거 급제 축하 잔치였습니다. 서로를 알아본 둘의 눈빛이 매우 흔들렸지요. 영영은 마음을 담은 편지를 써서 김생 앞에 살짝 떨어뜨렸습니다.

* 회산군(1481~1512년)은 《운영전》의 안평 대군처럼 실존 인물을 모델로 한 것으로, 성종의 다섯째 아들이다.

좋은 인연이 도리어 나쁜 인연이 되었으나
낭군은 원망스럽지 않고 하늘만 원망스럽네.
만약 옛정이 아직 끊어지지 않았다면
먼 훗날 황천으로 저를 찾아오십시오.

《영영전》에도 《운영전》처럼 많은 시가 나옵니다. 영영의 시를
읽고 김생은 그만 상사병에 걸리고 말지요.

둘의 사랑은 설마 《운영전》처럼 비극으로 끝나는 걸까요? 결론
부터 이야기하자면 영영과 김생은 사랑을 이루고 행복하게 삽니다.
김생은 부와 명예를 사양하고, 영영과 죽을 때까지
함께했다고 합니다.

둘이 사랑을 이룰 수 있었던 데에는 여
러 이유가 있어요. 먼저 하인 막동이가
《운영전》의 특과는 달리 나쁜 짓
을 일삼지 않았어요. 또한 회산
군이 김생과 영영이 떨어져 있던
사이에 세상을 떠났지요. 《운영
전》의 안평 대군처럼 두 눈 시퍼렇
게 뜨고 살아 있던 것이 아니니 아무
래도 금기의 엄격함이 많이 약해지지
않았을까요?

《영영전》은 《운영전》과 마찬가지로 작가가 누구인지 알려져 있지 않습니다. 다만 《운영전》과 줄거리, 등장인물 설정이 비슷한 것으로 보아 《운영전》이후에 쓰였을 것이라고 짐작되지요. 《영영전》의 작가는 《운영전》의 연인이이승에서 사랑을 이루지 못했던 결말이 마음에 들지 않았던 모양이에요. 그래서 궁녀가 사랑을 이룬 이야기를 소설로 썼던 것이 아닐까요?

여러분도 감명 깊게 읽은 소설이 있다면, 그 줄거리를 조금만 비틀어 보세요. 또 하나의 멋진 패러디 소설이 탄생할 테니까요.

소설 〈벙어리 삼룡이〉 사랑에 조건이 필요할까?

'사랑에도 조건이 있다'는 말을 어떻게 생각하나요? 옛날에는 너무나 당연한 일이었습니다. 《운영전》만 봐도 그렇지요. 적어도 조선 시대에는 사랑을 하려면 '궁녀가 아니어야 한다'는 조건이 있던 셈이잖아요.

이번에는 1900년대로 가 봐요. 나도향(1902~1926년)이 1925년에 발표한 단편 소설 〈벙어리 삼룡이〉에도 현실적인 조건 때문에 마음대로 사랑할 수 없는 한 사내가 나옵니다.

그 집에는 삼룡이라는 벙어리 하인 하나가 있으니 키가 본시 크지 못하여 땅딸보로 되었고 고개가 빼지 못하여 몸뚱이에 대강이를 갖다가 붙인 것 같다. 거기다가 얼굴이 몹시 얽고 입이 크다.

……중간 생략……

눈치로만 지내 가는 벙어리지마는 듣는 사람보다 슬기로운 적이 있고 평생 조심성이 있어서 결코 실수한 적이 없다.

주인공 삼룡은 말을 하지 못하지만 심성이 곱고 성실해요. 스물도 안 된 주인 아들이 때리고 괴롭혀도 꾹 참지요. 그 집에서 살다가 죽는 것을 자신의 운명으로 알기 때문이에요.

그러던 어느 날, 주인 아들이 양반집 딸을 아내로 맞아들여요. 참하고 고운 아내를 맞았으니 고마워해야 하건만, 주인 아들은 주변에서 아내와 자신을 비교하는 말을 듣고서는 괜히 심술을 내지요. 심지어 아내를 구박하고 때리기까지 했어요. 삼룡은 선녀 같은 새아씨를 때리는 주인 아들을 도무지 이해할 수 없었어요. 어느새 삼룡은 새아씨를 좋아하게 되었고, 꽃보다 더 고운 그녀를 위해서 목숨도 아끼지 않으리라고 다짐하게 되었어요.

그런데 일이 터지고 말았어요. 어느 날 새아씨가 주인 아들을 도와주어 고맙다며 작은 주머니 하나를 만들어 주었는데, 이것을 본 주인 아들이 트집 잡아 삼룡을 매우 때린 것이지요.

그때부터 벙어리는 안방에 들어가지 못하였다. 이 들어가지 못하는 것이 더욱 벙어리로 하여금 궁금증이 나게 하였다. 그 궁금증이라는 것이

묘하게 빛이 변하여 주인아씨를 뵙고 싶은 심정으로 변하였다. 뵙지 못하므로 가슴이 타올랐다.

……중간 생략……

그 후로부터는 밥을 잘 먹을 수가 없었다. 일도 손에 잡히지 않았다. 틈만 있으면 안으로 들어가고 싶었다.

원래 삼룡은 언제든 안방을 드나들 수 있었어요. 주인 아들이 그렇게 하도록 내버려 두었거든요. 그런데 아씨에 대한 마음을 들키고부터 안방은 절대 갈 수 없는 공간이 되어 버렸습니다. 어찌 보면 〈벙어리 삼룡이〉에서 '안방'은 《운영전》으로 치면 '궁궐'과 같습니다. 처음에는 김 진사도 안평 대군이 부르면 수시로 수성궁에 드나들 수 있었지만, 운영을 향한 속내를 들킨 뒤로는 수성궁에 발길을 들이지 못하게 되었지요.

하지만 벽에 부딪힐수록 사랑은 더욱더 불타오르는 법입니다. 아씨를 지켜 주고 싶다는 삼룡의 마음은 간절해졌어요. 얼마 뒤, 삼룡은 또다시 오해를 받고 흠씬 두들겨 맞은 뒤에 주인집에서 쫓겨나게 되는데요. 그날 밤 삼룡은 기어이 주인집에 불을 질러요.

그(삼룡)는 벌써 목숨이 끊어진 뒤였다. 집은 모조리 타고 벙어리는 색시를 무릎에 뉘고 있었다. 그의 울분은 그 불과 함께 사라졌을는지! 평화롭고 행복스러운 웃음은 그의 입 가장자리에 엷게 나타났을 뿐이다.

이야기의 결말은 이렇듯 안타깝습니다. 삼룡은 불속에서 아씨를 구한 뒤 죽고 말지요. 이루어질 수 없는 사랑은 비극으로 끝나고 말았어요.

　　비록 사랑은 이루지 못했지만 삼룡과 운영 모두 사랑을 지키려고 노력했던 것은 분명해요. 그런데 장애물에 맞서는 방식은 달랐어요. 운영과 김 진사는 힘과 권력을 가진 안평 대군의 뜻에 반하지 않았어요. 운영은 스스로 목숨을 끊었고 김 진사도 힘없이 세상을 떠났지요. 하지만 삼룡은 그렇게 하지 않았어요. 삼룡은 세상에 분노하며 모든 것을 불태워 버렸어요. 노비의 운명을 받아들이고 살았던 그가 사랑 때문에 변화한 거예요.

　　아, 진정한 사랑을 이루기는 정말 어려워요! 삼룡은 장애가 있고 신분이 낮다는 이유로 누군가를 좋아할 엄두조차 내지 못했고, 운영은 궁녀라는 이유로 사랑을 포기해야만 했으니까요.

　　이렇듯 종종 사랑은 거대한 장애물에 가로막혀요. 그 장애물은 한 개인일 수도 있고 사회적인 관습이나 제도일 수도 있지요.

그렇지만 운영과 김 진사, 삼룡은 어떠한 어려움 속에서도 사랑이라는 고귀한 마음을 잃지 않아요. 두 작품 속에서 사랑은 이런 세속적인 조건들을 뛰어넘으며 피어났답니다.

> 《운영전》의 안평 대군과 〈벙어리 삼룡이〉의 주인 아들은 분명 주인공의 사랑을 막는 이들이지요. 그런데 둘은 다르다고 생각하는 사람도 있을 수 있어요. 안평 대군은 주인 아들과 달리 막된 사람이 아니고, 직접적인 폭력을 쓴 적도 없으니까요.
> 하지만 과연 그런지는 다시금 생각해 보아야 해요. 직접적으로 매질을 하는 것만이 폭력은 아니에요. 자신보다 지위가 낮은 이에게 생각을 강요하는 것도 보이지 않는 폭력이지요. 때로는 보이지 않는 폭력이 더 심각할 수도 있답니다.

신화 〈트로이 전쟁〉 아아, 왜 금지된 사랑에 빠졌을까?

《운영전》처럼 금기를 어긴 사랑이 어디 우리나라 고전 속에만 있겠어요? 고대 그리스의 시인 호메로스에 따르면, 트로이 전쟁도 금지된 사랑에서 비롯되었다고 해요. 호메로스는 자신의 저서 《일리아드》를 통해 트로이 전쟁을 다루었어요.

여러분도 트로이 전쟁에 대해 들어 본 적이 있지요? 트로이 전

▲ 페테르 루벤스 〈**파리스의 심판**〉(1632~1633년)
  파리스가 헤라, 아테나, 아프로디테를 두고 누가 제일 아름다운지 판단하고 있는 장면을 그렸다.

쟁은 영화 〈트로이〉로도 만들어져서 우리에게 꽤 익숙할 거예요.

때는 기원전 12~13세기. 전쟁의 발단은 제우스의 손자 펠레우스와 바다의 요정 테티스의 결혼식으로 거슬러 올라갑니다. 테티스는 결혼식에 올림푸스의 모든 신과 여신을 초대했어요. 단, 불화의 여신 에리스만 빼고요. 화가 난 에리스는 결혼식에 나타나 '가장 아름다운 여신에게'라고 적힌 황금 사과 한 알을 던졌지요. 이것을 두고 헤라, 아테나, 아프로디테 사이에 다툼이 벌어졌어요. 자신이 제일 예쁘단 거지요. 결론이 나지 않자 제우스는 이 문제를 양치기 파리스에게 떠넘겨요. 사실 파리스는 트로이의 왕자로 태어났지만, 기구한 운명에 휩쓸려 자신의 신분도 모르고 살고 있었지요.

하여간 파리스는 아프로디테를 제일가는 미인으로 꼽았어요. 세 여인 중 아프로디테가 파리스에게 제일 솔깃한 제안을 했거든요. 아프로디테는 자신을 선택해 주면 세상에서 가장 아름다운 여인과 짝을 맺게 해 주겠다고 약속했지요. 약속대로 아프로디테는 아름다운 헬레네와 파리스를 맺어 줍니다.

문제는 헬레네가 스파르타 왕 메넬라오스의 아내였다는 사실이에요. 이미 임자가 있는 여자를, 그것도 다른 나라 왕의 아내를 빼앗은 꼴이 되어 버린 거지요. 그래도 둘은 행복합니다.

자. 우리 잠자리에 누워 서로 사랑이나 즐깁시다. 일찍이 이렇듯 욕망이 내 마음을 사로잡은 적이 없었소.

……중간 생략……

나는 그대를 사랑하며 달콤한 욕망이 나를 사로잡는구려.

• 《일리아드》 중에서

사랑해서는 안 될 사람을 사랑하는데도 파리스와 헬레네는 전혀 두려움이 없어요. 아, 금지된 사랑에 빠진 둘의 운명은 어떻게 될까요? 결국 이 무모한 사랑은 전쟁을 불러옵니다. 그리스 연합군과 트로이 간에 거대한 전쟁이 시작되었지요.

▲ 도메니코 티에폴로
〈트로이로 들어가는 목마〉(1773년)

　그 유명한 '트로이 목마' 이야기는 호메로스의 또 다른 서사시인 《오디세이》에 실려 있어요. 10년 가까이 계속된 전쟁에 지친 그리스 연합군이 작전을 짰어요. 그리스 연합군은 불화의 신 에리스에게 줄 선물이라며 커다란 목마를 남겨 두고 떠나갔지요. 모두 알다시피 목마 안에는 그리스 군사들이 숨어 있었고요. 《오디세이》를 들여다볼까요?

　이미 오디세우스를 비롯한 아르고스 무사들이 그 목마 속에 숨어서 트로이의 광장에 잠복해 있었다.

······중간 생략······

　나무로 만든 커다란 말을 성안에 있게 함으로써 트로이는 파멸하는 운명에 놓이게 된다. 바로 그 목마 속에 아르고스 무사들이 트로이 사람들을 향해 살육과 죽음의 운명을 가져다주기 위해 들어앉아 있었다.

• 《오디세이》 중에서

　트로이는 결국 전쟁에서 패하고 멸망합니다. 파리스의 사랑이 불러온 결과는 참혹했어요. 《운영전》에서 운영과 김 진사의 사랑

◀ 아담 엘스하이머
〈불타는 트로이〉
(1600년경)
그리스 연합군과의
전쟁으로 인해
무너지는 트로이의
모습을 그렸다.

이 개인의 비극에서 그친 것과는 사뭇 다른 결과지요. 파리스와 헬레네가 조금 신중해야 했던 것은 아닐까요? 여러분이 파리스와 헬레네라면 어떻게 했을까요? 한번 고민해 보아도 흥미로울 거예요.

트로이 전쟁은 오랫동안 신화로만 알려져 있었어요. 하지만 19세기부터 고고학자들이 터키의 트로이 유적지를 발굴해 내면서, 트로이 전쟁이 실제로 있었다는 쪽에 무게가 실렸지요. 그렇다고 해도 정말 트로이 전쟁이 여신들의 싸움에서부터 시작된 것은 아닐 거예요. 먼 옛날, 기원전의 일이기에 역사적 사실과 신화적인 허구가 뒤섞여 전해지는 것이지요.

트로이 전쟁의 전체적인 과정이 궁금하다면 호메로스의 《일리아드》나 《오디세이》, 영화 〈트로이〉를 봐도 좋고, 그리스 로마 신화를 읽어 보아도 돼요. 또한 트로이 전쟁을 주제로 그려진 미술 작품들을 살펴봐도 좋답니다. 이외에 금기의 사랑을 다룬 고전에는 무엇이 있는지 찾아보아도 재미날 거예요.

물음표로 따라가는 인문고전 03

운영전 **왜 금지된 사랑에 빠질까?**

ⓒ 임치균 김유경, 2017

1판 1쇄 발행일 2017년 4월 13일 | **1판 3쇄 발행일** 2021년 5월 15일

글 임치균 | **그림** 김유경
펴낸이 권준구 | **펴낸곳** (주)지학사
본부장 황홍규 | **편집** 전해인 문지연 김솔지 | **디자인** 최지윤
제작 김현정 이진형 강석준 방연주 | **마케팅** 송성만 손정빈 윤술옥 이혜인
등록 2010년 1월 29일(제313-2010-24호) | **주소** 서울시 마포구 신촌로6길 5
전화 02.330.5297 | **팩스** 02.3141.4488 | **이메일** arbolbooks@jihak.co.kr
ISBN 979-11-85786-95-7 44810
ISBN 979-11-85786-85-8 44810 (세트)
잘못된 책은 구입하신 곳에서 바꿔 드립니다.

이 도서의 국립중앙도서관 출판예정도서목록(CIP)은 서지정보유통지원시스템 홈페이지(http://seoji.nl.go.kr)와
국가자료공동목록시스템(http://www.nl.go.kr/kolisnet)에서 이용하실 수 있습니다.(CIP제어번호: CIP2017007761)

 제조국 대한민국 사용연령 10세 이상
KC마크는 이 제품이 공통안전기준에 적합하였음을 의미합니다.

 지학사아르볼 아르볼은 '나무'를 뜻하는 스페인어. 어린이들의 마음에 담긴 씨앗을 알찬 열매로 맺게 하는 나무가 되겠습니다.

홈페이지 www.jihak.co.kr/arb/book | **포스트** post.naver.com/arbolbooks